Angelika Waldis · Tita und Leo

Angelika Waldis

Tita und Leo

EINE FERIENGESCHICHTE

HAFFMANS VERLAG

›Tita und Leo‹
erschien zuerst im
Magazin für Schülerinnen und Schüler
SPICK, Zürich

Umschlagzeichnung: Helmut Germer

Satz: Fotosatz Michel, Gießen
Herstellung: Offizin Andersen Nexö
ISBN 3 251 00449 2

I

Die Begegnung

Tita wischt sich die Spinnfäden vom Gesicht. In diesem Keller ist wohl lange niemand gewesen. Es riecht wie feuchte Ski-Socken, denkt Tita. Einen Lichtschalter findet sie nicht. Miez, komm! Miez, Miez! Vielleicht ist die kleine Katze schon längst wieder draußen. Langsam tastet sich Tita in die Dunkelheit vor. Der Boden unter ihren nackten Füßen ist eiskalt. Ein Stück Stoff streift ihren Arm. Starr vor Schreck bleibt Tita stehen. Aber das war nur eine alte Jacke, die an einem Nagel hängt. Miez?

Langsam finden sich Titas Augen in der Dunkelheit zurecht. Bis auf ein paar Kisten und ein kaputtes Faß scheint der Keller leer. Das verschrumpelte Zeug in den Kisten waren wohl mal Kartoffeln. Von der Katze keine Spur. In der Wand hinter den Kisten befindet sich eine kleine Brettertür. Tita rüttelt am Riegel, der klemmt. Was soll's, wohl ein Vorratsschrank mit nichts drin.

Tita steigt wieder die Treppe hoch. Was für langweilige Ferien. Auf dem Rollbrett die langweilige Straße rauf- und runterfahren, dem langweiligen kleinen Peter die langweiligen Bilderbücher zeigen ... Die andern aus ihrer Klasse sind ans Meer gefahren oder in die Berge. Aber ihre Familie macht natürlich wieder mal etwas anderes, Ferien in diesem »netten kleinen Bauerndorf«. Nicht mal eine Stunde von zu Hause weg. Kaff, das. Tita kehrt um. Den kleinen Schrank wird sie doch wohl noch aufkriegen. Sie zerrt und rüttelt. Der Riegel rührt sich nicht. Tita bestreicht ihn mit Spucke. Auch das nützt nichts. Wenn ich in einem Gefängnis wär und müßte da raus, denkt Tita. Ich würde nicht aufgeben. Ich wäre stärker als dieser blöde Riegel ... Sie schließt die Augen und reißt mit aller Kraft – und plötzlich hat sie den Riegel in der Hand. Das Türchen hängt nur noch in einer Angel. Und dahinter ist nichts, ein Loch und ein mattes Licht.

Dann halt nicht, seufzt Tita. Kein geheimnisvoller Fund. Keine Schachtel mit alten Goldmünzen, die sie Fred hätte überreichen können. Und dann hätte er wieder einen Haufen Geld gehabt und seinen alten Beruf und hätte wieder gelacht wie früher. Dann halt nicht. Wahrscheinlich ist hinter dem Fensterloch bloß wieder ein Keller, der vom Nachbarhaus. Tita stemmt sich hoch und zwängt sich durch die Öffnung. Sie schiebt zuerst die eine, dann die andere Schulter durch und rutscht, Arme voran, auf der anderen Seite zu Boden.

Dieser Raum ist hell und blitzblank geputzt und hat ein Fenster und eine Tür zum Hof. Tita hört den

Brunnen plätschern. In der Ecke steht ein riesiges rundes Ding aus Kupfer, ein Ofen oder so was Ähnliches, daneben ist ein Waschtrog aus Stein und so ein altmodisches Rubbelblech zum Wäscheschrubben. Dann steht da noch ein Tisch mit einem weißen Tuch drauf und einem seltsamen Bügeleisen ohne Kabel. Alles sieht ganz so aus wie in diesem öden Museum neulich auf der Schulreise. Sogar das, was im Wäschekorb liegt: eine knielange weiße Hose mit einer gehäkelten Spitze, ein doofes weißes Häubchen, ein blaues Kleid mit weißen Tupfen und einem weißen Kragen und vielen Nähten und Fältchen. Wer trägt denn heutzutage noch so was?

Tita zieht ihr T-Shirt über den Kopf und strampelt sich aus den Jeans. Sie lauscht. Außer dem Brunnengeplätscher ist nichts zu hören.

Dann mal los, denkt Tita und schlüpft in das Tüpfchenkleid. Was ist vorne, was hinten? Die vielen Knöpfe, die müssen wohl vorn sein. Das Kleid scheint wie gemacht für Tita, nur viel zu lang ist es. Es fällt weit über die Knie. Tita schaut auf ihre Füße, und die großen Zehennägel, die sie gestern feuerrot lackiert hat, schauen wie zwei Augen zurück. Schade, daß kein Spiegel da ist. Tita kämmt sich mit den Fingern ihre wilde Mähne und versucht, so etwas wie Zöpfe zu machen.

Als wenn ich auf einer Bühne wäre, denkt Tita, und die Sonne, die durchs Fenster fällt, ist ein Scheinwerfer ... Halt, die Armbanduhr muß sie noch ablegen.

Und die Zahnspange! Und ich würde im Scheinwerferlicht tanzen, und die Leute würden klatschen... Aber bloß der Brunnen mit seinem ewigen Geplätscher ist zu hören. Tita öffnet die Tür zum Hof und späht hinaus.

Seltsam. Der Topf mit den Geranien steht nicht mehr auf dem Brunnen. Der halbverrostete Lieferwagen ist auch nicht mehr da. Weggefahren? Aber da waren doch gar keine Räder mehr dran. Und wo ist ihr Rollbrett? Tita ist sicher, daß sie es beim Scheunentor abgestellt hat. Auch das noch. Wer in diesem lausigen Kaff klaut ihr einfach das Rollbrett? Empört rennt Tita los. Aber dann spürt sie, wie ihr das Kleid um die Beine schlabbert. Nein, so kann sie sich nicht zeigen. Sie weiß ja nicht mal, wem der alte Fetzen gehört.

Tita bleibt stehen und hat plötzlich ein ganz merkwürdiges Gefühl. Sie spürt Kies unter den Füßen. Seit wann ist das ein Kiesplatz? Der war doch eben noch asphaltiert. Was zum Teufel ist hier draußen los? Ich zieh mich besser wieder um, denkt Tita.

Sie will gerade die Tür hinter sich schließen, da sieht sie einen Jungen aus der Scheune kommen. Er schwingt einen Kessel, läuft damit zum Brunnen und läßt ihn vollaufen. Warum hab ich den noch nie gesehen, denkt Tita. Jetzt sind wir doch schon vier Tage da. Vier langweilige Tage. Der Junge läuft in die Scheune zurück. Tita späht aus dem Türspalt. Da kommt er wieder, ohne Kessel. Er setzt sich an die Hausmauer und zieht etwas aus der Hosentasche. Ein Stück Holz? Er beugt sich drüber und fummelt dran rum. Ob der mein Rollbrett genommen hat, denkt Tita. Aber warum ist er dann nicht damit abgehauen? Vielleicht ist er hier zu Besuch. Ich frag ihn einfach mal.

Langsam geht Tita über den Kiesplatz auf den Jungen zu. Er blickt erst auf, als Titas Schatten auf ihn fällt.

»Hallo«, sagt Tita.

»Grüß dich«, sagt der Junge. Er hat einen ganz hellen Schopf, und es sieht aus, als hätte man ihm einen Topf übergestülpt und rundum die Haare weggeschnitten.

»Was tust du da?« fragt Tita.

»Siehst du doch. Ich schnitze. Einen Federhalter.«

»Und wozu soll der gut sein?«

»Frag doch nicht so dumm.«

»Selber dumm.«

Blödmann, denkt Tita. Und die komische Hose, die er anhat. Braun und aus dickem Stoff, weder kurz noch lang.

»Schnitz doch einen Kugelschreiber. Das wär ein Gag.«

Der Junge hebt den Kopf und schaut Tita mißtrauisch an. »Wie du redest! Bist du nicht ganz richtig im Kopf? Und wie du daherkommst... Das Kleid verkehrt rum.«

Das Kleid hat Tita ganz vergessen. Verlegen streicht sie es glatt.

»Du bist ja auch echt witzig angezogen«, sagt Tita.

»In der Hose hätten glatt zwei Platz. Hast wohl etwas gegen enge Jeans, wie?«

Jetzt lacht der Junge übers ganze Gesicht. »Tschins-tschins-gägg-gägg!«

Nun lacht auch Tita. »Was soll das?«

»So redest du. Kauderwelsch. Woher kommst du überhaupt?«

»Von da drüben.«

»Im Gasthof abgestiegen?«

Tita kichert. Irgendwie gefällt ihr der Junge. Spricht wie ein Oberlehrer und sieht aus wie ein Lausbub.

»Ich weile hier in der Sommerfrische«, sagt Tita mit spitzem Mund und gezierter Stimme. »Mit meinem Herrn Vater.«

»Iiii«, sagt der Junge.

»Was ist?«

»Deine Zehen. Die bluten ja.«

Tita blickt auf ihre lackierten Zehennägel. »Hihi. Bin mit den Füßen in den elektrischen Teigmixer geraten.«

Wieder hat der Junge diesen mißtrauischen Blick.

»Meine Freundin hat blauen Nagellack«, sagt Tita. »Und jetzt macht sie sich dann noch blaue Streifen ins Haar.«

»Hast du vielleicht Fieber?«

»Ja«, lacht Tita, »ich bin todkrank. Vor Langeweile.«

»Kannst ja einfach noch mehr solche Wörter erfinden.«

»Was für Wörter?«

»So wie vorhin. Teigfixer, Nagelhack!«

»Du bist komisch.«

»Nein, du.«

»Wie heißt du eigentlich?«

»Leo.«

»Ich heiße Tita.«

»Tita! Ist das dein Taufname?«

»Ich bin gar nicht getauft.«

»Was?« Der Junge läßt sein Messer sinken und blickt Tita entgeistert an.

Tita fühlt sich plötzlich unbehaglich. Seit sie sich durch das kleine Kellerfenster gezwängt hat, ist die Welt irgendwie seltsam. Warum starrt der Junge sie so an? Und warum riecht es hier eigentlich so nach Kuhstall? Das war heute morgen nicht so.

Der Junge ist aufgestanden. Er stopft sich das blaue Leinenhemd in die Hose und zupft die Hosenträger zurecht. Tita reicht ihm grad bis zur Schulter.

»Wie alt bist du?« fragt Tita.

»Ich werd vierzehn. Und du?«

»Ich werd zwölf. Am zwölften zwölften. Dann krieg ich vielleicht einen PC.«

»Was für einen Zeh?« Leo blickt wieder auf Titas Füße.

»Einen PC, einen Computer! Du bist ja wohl nicht aus dem letzten Jahrhundert, oder?«

»Nein, ich habe mir lediglich erlaubt, eine Frage an dich zu richten.«

»Darf ich mir auch eine Frage erlauben?« sagt Tita

geschraubt und verdreht die Augen. »Was wünschen Sie sich denn zum Wiegenfeste, Herr Schnitzmeister?«

»Ich ... ist ja egal. Dein Vater ist wohl sehr reich?«

»Schön wär's«, lacht Tita. »Er hat nicht mal eine Arbeit. Das Geld verdient meine Mutter. Hat einen Job im Spital.«

»Einen Dschopp?«

»Ja, als Physiotherapeutin.«

»Füsio? Und was tut sie da?«

»Ja, was wohl? Macht halt diese Übungen. Turnt mit den Alten...«

»Sie turnt im Spital?« Jetzt bricht der Junge in ein lautes Gelächter aus. »Turnt mit den Alten, turnt mit den Alten!« quietscht er.

Im Haus über der Waschküche öffnet sich ein Fenster. »Leo, sei bitte still!« ruft eine Stimme.

»Was ist los?« fragt Tita.

»Meine Mutter ist krank«, sagt Leo leise.

»Schlimm?« flüstert Tita.

»Ja.«

Leo setzt sich wieder hin, fängt wieder an zu schnitzen. Tita setzt sich neben ihn.

»Wenn sie stirbt«, sagt Leo, »dann geh ich weg von hier. Weit weg.«

Für eine Weile ist es still.

»Ich möchte auch mal weit weg«, sagt Tita. »Von meiner Klasse ist in diesen Ferien einer nach Amerika geflogen, eine nach Ägypten, und einer fährt im Wohnmobil bis Sizilien.«

»Du flunkerst so viel, daß man's gar nicht mehr versteht. Jemanden wie dich hab ich noch nie getroffen.«

»Ich flunker nicht«, sagt Tita böse.

Wieder ist es eine Weile still.

»Wenn ich hier weggehe«, sagt Leo, »dann werde ich Erfinder. Mein Onkel hat mir erzählt, daß jemand so ein Ding aus Metallzähnen erfunden hat, da machst du einmal ratsch!, und der Schuh ist zu. Oder das Kleid. Brauchst keine Knöpfe mehr. Und du ziehst dein Kleid wahrscheinlich nicht mehr verkehrt herum an.«

Tita stutzt. Ihr leises Unbehagen ist plötzlich riesig aufgebläht. Dann platzt es mit einem weißen Blitz.

»Einen Reißverschluß?« flüstert Tita.

»Ja, kann sein, daß sich das so nennt.«

»Leo, was haben wir für ein Jahr?« Es kommt ganz heiser aus Titas engem Hals.

»Ein Maikäferjahr.«

»Die Zahl, bitte, Leo, sag die Zahl.«

»1899, was denn sonst?«

»Weißt du, warum du mich komisch findest?« fragt Tita kaum hörbar. Ihr ist eiskalt. Leo hört auf zu schnitzen. »Ich hab *1999!*«

Leo dreht den Kopf.

Sie sehen sich fassungslos an. Ihre Hände berühren sich. Aber sie sind hundert Jahre voneinander entfernt.

2

Sturz ins Unbekannte

Leo schließt die Augen und schüttelt den Kopf, daß die Haare fliegen. »Nein. Das kann nicht wahr sein. Ganz einfach nicht wahr.«

»Und ist es doch. Noch ein Jahr bis zum Jahr zweitausend. Ich schwör's.«

»Schwör nicht. Wer falsch schwört, kommt in die Hölle!«

»Ich komm nicht in die Hölle«, ruft Tita und stampft auf den Boden. »Weil es keine Hölle gibt.«

Leo ist ganz bleich geworden.

»Sag mal«, fragt Tita und tut einen Schritt zurück, »du lebst doch, oder? Oder bist du vielleicht ein Gespenst? Bist du vielleicht tot und läufst als dein eigener Geist herum?«

Leo packt blitzschnell Titas Arm und beißt kräftig hinein.

»Laß los!« schreit Tita. »Ich glaub ja, daß du lebendig bist. Aber friß mich nicht auf, verdammt noch mal.«

»Du fluchst ja.«

»Ich rede, wie ich will. Dir kann das furzegal sein.«

»Aber du bist doch ein Mädchen...«

Tita will Leo böse die Zunge rausstrecken, da merkt sie, wie gern sie in sein Gesicht schaut. Er hat so helle Augen, denkt sie. Hellgrau, sandgrau. Verlegen will sie die Hände in die Taschen stecken, aber das Kleid hat keine.

»Es kann einfach nicht wahr sein«, sagt Leo erneut und zieht mit dem Fuß einen Kreis in den Kies, immer wieder.

»Komm mit«, sagt Tita. Sie läuft voraus, stößt die Tür auf.

»Das ist unsere Waschküche«, sagt Leo.

»Da hab ich das Kleid gefunden.«

»Das gehört dann wohl Paula.«

»Wer ist Paula?«

»Meine jüngere Schwester. Sie ist in der Stadt bei Verwandten. Muß die Kleinen hüten, weil die Tante im Kindbett liegt.«

»Du meinst, die Tante hat ein Kind bekommen? Warum legt sie sich dann in ein Kinderbett? Muß doch eng sein. Oder bringt das Glück?«

»Man sagt eben so. Und was hast du vorher angehabt? Vor Paulas Kleid?«

Tita zeigt auf ihr unordentliches Kleiderhäufchen.

»Und von da bin ich hereingestiegen.«

Leo schaut durch das kleine Türchen ins Dunkle. »Das ist der Keller vom Fennerhaus. Da spukt's. Den Fenner hat man hingerichtet. Nachher hat's geheißen, er sei gar nicht schuld gewesen. Und darum spukt's. Und darum steht das Haus leer.«

»Hingerichtet? Aber die Todesstrafe ist doch schon lange abgeschafft... Wie spukt's denn?«

»Es rattert irgendwie. Dann stöhnt's. Das ist der Fenner, der keine Ruhe findet.«

»Vielleicht ist es auch unsere Waschmaschine. Die donnert und ächzt. Und Trix dreht beinahe durch.«

»Was ist Trix? Auch eine Maschine?«

»Nein«, lacht Tita. »Trix ist meine Mutter. Los, geh schon!«

»Meinst du wirklich...?«

»Klar, geh schon voraus. Ich zieh noch meine Klamotten an.«

Leo stemmt sich hoch und schiebt sich durch das Türchen.

»Halt«, ruft Tita, »komm wieder raus!«

»Was ist? Hast du das Stöhnen gehört?«

»Nein. Aber in diesen Kleidern kannst du nicht rüber.«

»Du hast ja eine Hose an«, staunt Leo.

»Ja, und ich geh jetzt und hol für dich auch so ein Paar. Warte!«

Und schon ist Tita durchs Türchen gerutscht, stolpert durch den dunklen Keller, flitzt die Treppen hoch in die Wohnung. Fred liegt auf dem Sofa zwischen zerknüllten Zeitungen und schläft. Wenn er nur wieder eine Arbeit hätte, denkt Tita. Ich kann seine Traurigkeit nicht mehr aushalten.

Sie reißt ihre neuen Jeans und das große T-Shirt aus dem Koffer und saust damit zurück in den Keller. Ob Leo noch da ist? Oder hat er sich aufgelöst in Millionen kleiner Punkte wie das Ende eines Films?

Nein, er ist noch da, und er zittert wie sie. Die Jeans passen; zum Glück hat Trix sie noch nicht gekürzt. Leo hat sie blitzschnell über sein weißes schmales Hinterteil gezogen.

»Und jetzt das T-Shirt!«

»Das Tiischört«, murmelt Leo. »Kommt der Negerhäuptling vorne auf die Brust?«

»Ja. Das ist kein Häuptling. Das ist mein Lieblingssänger.«

Langsam schiebt sich Leo durch das Türchen und hält dann plötzlich inne, als wäre er festgeleimt.

»Was ist? Hast du Schiß?«

Leo lacht. »Also wie du redest...«

»Mach bloß nicht in die Hose!«

»Wär ja deine!« kichert Leo.

»Und wenn der Fenner kommt?«

Tita nimmt Leos Hand. Sie ist kühl und trocken. Eifrig zerrt sie ihn durch den dunklen Keller, führt ihn hinauf zum Hauseingang. »Da oben ist unsere Ferienwohnung«, sagt Tita, »und da geht's auf die Straße.« Sie zieht die schwere Türe auf.

Leo späht hinaus. »Der Gemüsegarten ist weg«, sagt er. »Und die Nußbäume... Und wo ist der Laden?«

»Meinst du den Quick-Shop?«

»Den Laden eben. Den Laden meines Vaters.«

»Leo«, sagt Tita leise. »Glaubst du's jetzt?«

Leo nickt und faßt wieder Titas Hand. »Und das Tuch da auf der Straße?«

»Ist Asphalt.«

»Und die Bilder dort drüben?«

»Sind Plakate.«

»Und diese Wäscheleine dort in der Luft?«

»Ist die Hochspannungsleitung.«

»Ich weiß doch gar nicht, was das alles ist...«

»Ich werd's dir schon noch erklären.«

»Horch, da spielt jemand Flöte.«

»Das ist bloß Fred. Der läßt wieder seine Kassetten laufen.«

»Kassetten?«

»Ich werd sie dir zeigen, Leo.«

»Unser Haus steht noch!«

»Da wohnt aber niemand mehr drin. Entweder wird es abgerissen, hat Fred gesagt, oder es wird zu einem Dorfmuseum umgebaut.«

»Ob die Sachen noch drin sind? Mein Bett? Meine Schmetterlingssammlung?«

Tita schüttelt zweifelnd den Kopf.

Leo legt sich die Hand über die Augen. Zieht sie wieder weg. »Am Himmel ist ein Kreuz!«

»Das sind Kondensstreifen. Gehn wir ein Stück?«

Der Asphalt ist warm. Es riecht nach Sommer. Leo läuft ganz nah an der Hauswand. Ein paar Mopeds knattern vorbei. Leo schaut fragend zu Tita.

»Mach nicht in meine Hose«, sagt sie.

Da verzieht sich Leos Gesicht zu einem Lachen.

Miez taucht unter den Büschen auf. »Da bist du ja«, ruft Tita, beugt sich nieder und krault das sonnenwarme Fell. »Ich hätt zu gern eine Katze.«

»Kannst eine von uns haben. Wir haben Junge.«

»Kann ich sie sehen? Wo sind sie?«

»Bei uns in der Küche, in einem Korb.«

Tita und Leo schauen einander plötzlich ratlos an: Die Kätzchen sind ja in der anderen Zeit!

»Ach, weißt du«, sagt Tita, »da, wo ich wohne, sind Katzen ohnehin verboten. Alles ist verboten in diesem Haus. Wer laut singt, kommt ins Gefängnis.«

»Machst du Spaß?«

»Ja.«

»Hör auf damit. Ich muß sicher sein, daß ich dir glauben kann, was du sagst.«

Tita nickt. Es ist ja alles schon kompliziert genug.

»Weißt du was?« sagt Leo. »Ich bin tot! Ich kann ja mehr als hundert Jahre später gar nicht leben!«

»Und ich«, sagt Tita, »als ich bei dir vor der Scheune war, da war ich gar nicht da. Ich kann doch mehr als hundert Jahre früher gar nicht leben!«

»Das glaubt uns kein Mensch.«

»Wir sagen es besser niemandem. Sonst gelten wir als gaga.«

»Gaga?«

»Gaga.«

Leo lacht.

Tita ist froh, daß er lacht.

Plötzlich zeigt er auf die andere Straßenseite und rennt los. Im gleichen Moment biegt hupend ein Auto um die Kurve. Bremsen quietschen. Ein kreideweißer Fahrer steigt aus und knallt die Tür zu.

Leo liegt am Boden, rappelt sich hoch, rennt zurück zum Haus. Tita rennt ihm nach. Sie hört noch ein paar wüste Flüche, hört, wie die Tür wieder zuknallt, der Motor wieder aufheult. Sie findet Leo im Keller. Er sitzt im Dunkeln und keucht.

Tita tastet sich vor und setzt sich neben ihn.

»Das war ein Auto«, sagt sie.

»Ich will zurück«, sagt Leo, »nach Hause.«

»Hast du dir weh getan?«

Leo sagt nichts.

»Bleib noch ein bißchen«, sagt Tita. »Ich wollte dir meinen geheimen Himbeerenplatz zeigen…«

Leo bleibt still. Wahrscheinlich hat er den Kopf geschüttelt, denkt Tita.

»Ich muß zurück«, sagt er endlich. »Ich muß um sechs im Laden sein. Säcke auffüllen.«

»Wann ist sechs?«

»Die Kirchturmuhr hat gerade fünf geschlagen, als…«

Leo schluchzt.

»Ich hasse die Zeit«, sagt Tita. »Sie macht alles kaputt. Mistzeit! Wenn ich sie bloß zertrampeln könnte, die hundert Jahre.«

Leo steht auf, geht auf das Türchen zu.

»Leo«, ruft Tita, »nimmst du mich mit?«

3

Beobachtungen im Versteckten

»Also gut«, sagt Leo, »komm mit. Aber brauch vor den Leuten deine seltsamen Wörter nicht.«

Sie zwängen sich durch das Türchen in die alte Waschküche und schlüpfen hastig in die alten Kleider. Diesmal zieht Tita das Tüpfchenkleid nicht mehr verkehrt herum an. Leo macht ihr am Rücken die Knöpfe zu. Und dann spürt sie seine vorsichtigen Finger in ihren Haaren.

»Ich mach dir einen Zopf«, sagt er. »Wie bei meiner Schwester.«

Tita hält den Kopf ganz still.

»Warum hast du so abgenagte Haare?«

»Abgenagt?«

»Ja, wie von Mäusen.«

»Das ist nicht abgenagt. Das ist ein Haarschnitt. Das ist in.«

»In was?«

»Einfach in.«

Leos Finger kämmen ganz fein ein paar Strähnen

hinter Titas Ohren. »Findest du meine Mäusehaare scheußlich?«

»Nein. Schön.«

Wortlos treten sie hinaus auf den Kiesplatz. Leo eilt voraus, stößt die grüne schwere Haustür auf und winkt Tita herein.

»Leo!« ruft eine Stimme aus der Küche. »Bist du's? Du solltest schon längst im Laden sein!«

»Ja, gleich«, brummt Leo und geht auf Zehenspitzen die Treppe hoch. Unter Titas Füßen knarren die Stufen. Leo macht ihr ein Zeichen, ganz am Rand zu gehen. Er zeigt auf eine offene Tür, Tita späht ins Zimmer. Dämmriges Licht fällt durch die Ritzen der Fensterläden. »Meine Mutter«, sagen Leos Lippen lautlos. Tita sieht ein hohes Bett, eine weiße Decke, hört ein heftiges schnelles Atmen. Jetzt beugt sich Leo über die Decke. Eine bleiche Hand streicht Leo über den Kopf und sinkt zurück. Es riecht nach Kamille und feuchten Tüchern. Warum sagt Leo nichts? Er fährt bloß mit den Händen ein paarmal über die Decke. Tita spürt die Traurigkeit so deutlich, als hinge sie als Schleier vor der Tür.

Dann steht Leo wieder neben ihr. Sie huschen eine zweite Treppe hoch, Leo schiebt Tita durch eine Tür und schließt sie leise hinter sich. »Mein Zimmer!«

Alles braun, denkt Tita. Braunes Bett, braune Wolldecke, braun eingebundene Bücher, brauner Schrank ... Leo öffnet ihn und nimmt vorsichtig ein Brett heraus. Und darauf leuchten alle Farben, schillern, glänzen: Schmetterlinge. Tita spürt ein Schaudern. Die Falter sind mit feinen Nadeln aufgespießt! So was von brutal, denkt sie, sieht aber Leos strahlendes Gesicht und sagt nichts.

»Mein Schönster«, sagt Leo, »ein Nachtpfauenauge. Siehst du die Augenzeichnung auf den Flügeln? Und das ist ein englischer Bär, ein Weibchen.«

»Schön«, flüstert Tita. »Und was hast du in der Schachtel da?«

»Das ist meine Postkartensammlung. Und das ist die Erstausgabe einer Zeitung. Die hat mir der Lehrer geschenkt. Vielleicht sei sie in hundert Jahren wertvoll.«

Tita und Leo schauen einander plötzlich an. Hundert Jahre! Die Zeit, die zwischen ihnen liegt. Wie ein unheimlicher Ozean...

»Zeig her!« sagt Tita. »Tages-Anzeiger. Die Zeitung gibt es immer noch. Donnerstag, 2. März 1893. Komische Buchstaben, mit all den Haken und Schwänzen. Lies mal was vor!«

»Allerlei aus den Kantonen«, liest Leo. *»Dieser Tage erfolgte in Delle die Verhaftung eines Mannes, der ein hölzernes Bein hatte. Er passierte so oft die Grenze, daß die Polizei aufmerksam wurde, ihn verhaftete und untersuchte, wobei sich herausstellte, daß das Bein hohl war und voll goldener Uhren steckte.«*

Tita lacht. »Ein Ticktackbein! Weißt du, was 999-mal tick und 1-mal tack macht? Ein Tausendfüßler mit einem Holzbein.«

»Mir tut er leid, der Mann«, sagt Leo. »Der war vielleicht im Krieg.«

»Was denn für ein Krieg?«

»1870/71. Der Deutsch-Französische Krieg. Der letzte für immer, hat der Lehrer gesagt.«

Tita schweigt. Besser, Leo weiß nichts von Weltkriegen, die noch kommen werden, von der verfolgten Anne Frank, von den schrecklichen Meldungen jeden Abend im Fernsehen...

Leo faltet die Zeitung sorgfältig zusammen. »Was denkst du?«

»Ach nichts. Gehen wir jetzt in den Laden?«

Leo holt sein Messer aus dem Sack. »Kratz dir erst das rote Zeug von den Zehen.«

Tita schabt hastig den Nagellack weg. Dann flitzen sie die Treppe runter ins Freie.

HANDLUNG steht über dem Laden. Die Tür ist offen. Ein dünner junger Mann schaufelt Reis aus einer Schublade.

»Abend, Balz!« sagt Leo.

»Zucker und Salz!« antwortet der Mann.

»Er dichtet immer«, sagt Leo leise zu Tita, »der bleiche Balz. Er kommt aus der Besserungsanstalt. Der Pfarrer hat ihn geholt, damit er im Laden hilft. Jetzt, wo meine Mutter krank ist. Schau mal seine Ohren.«

»Was ist eine Besserungsanstalt?« flüstert Tita.

»Leooo!« ruft eine tiefe Stimme aus dem Hinterzimmer. »Kommst du endlich, kreuzdonnernochmal?«

»Mein Vater«, wispert Leo. »Schnell, versteck dich da hinter den beiden Fässern, ich muß gehen.«

Tita duckt sich, macht sich so klein wie möglich und späht über den Rand der Fässer hinüber zum Ladentisch. Ein Mann und eine Frau kommen herein.

»Fünf Liter Petrol!« verlangt der Mann.

»Petrol, Petrol. Prosit, zum Wohl!« sagt Balz.

Die Frau verlangt Rosinen (Balz: »Mit Rosinen kann ich dienen«), dann Reis (Balz: »Auch Reis? So sei's«), dann Haferflocken (Balz: »Mit Haferflocken Männer locken«).

»Baaalz! Hör endlich mit deinen dummen Versen auf!« ruft die tiefe Stimme aus dem Hinterzimmer.

Aber die Frau lacht. »Schon recht«, sagt sie und legt ein paar Münzen auf den Ladentisch. »Der Rest ist für dich.«

»Zwanzig Rappen?« sagt Balz erstaunt.

»Kleiner Happen«, dichtet Tita hinter ihrem Faß.

Aber der bleiche Balz sagt höchst erfreut: »Vielen Dank auch!« und fährt verlegen mit der Hand ans Ohr. Tita sieht nun, was Leo gemeint hat: Balz hat ein großes und ein kleines Ohr. Und das große sieht aus, als klebe eine Scheibe Kalbfleischwurst an seinem Kopf.

Eben schneidet Balz ein großes gelbes Stück Butter mit einem Draht in Stücke, da ruft wieder die tiefe Stimme aus dem Hinterzimmer: »Baaalz! Warum ist die Schuhwichse noch nicht eingeräumt?«

»Die Wichse, die Wichse«, murmelt Balz, scheint aber keinen Reim zu finden und rennt nach hinten.

Endlich kann Tita aufstehen und die Glieder strekken, muß sich aber gleich wieder ducken. Ein Junge in jägergrüner Jacke kommt herein, schaut sich kurz um und geht dann langsam – an den Fässern und Tita vorbei – hinter den Ladentisch. Etwas fällt zu Boden. Tita hört schnelle Schritte. Als Balz auftaucht, steht der Junge wieder vor dem Ladentisch.

»Für zehn Rappen Lakritze«, sagt er.

»Lakritze, Lakritze, bei Kälte und Hitze«, erwidert Balz und reicht dem Jungen etwas Langes, Schwarzes.

»Schluß für heute!« ruft die tiefe Stimme, und jetzt sieht Tita Leos Vater, einen großen, dunkelbärtigen Mann. Energisch schließt er hinter dem Jungen die Ladentür. Wie komm ich da jetzt raus? denkt Tita.

»Balz, wo ist der blaue Umschlag?« fragt Leos Vater.

»Blaue Umschlag?« wiederholt der bleiche Balz.

»Der blaue Umschlag! Lag neben der Kasse!«

»Ich habe nichts gesehen.«

»Fünfundzwanzig Franken sind drin, das Geld für den Gemüsemann! Balz, zeig deine Hosentaschen!«

»Ich habe nichts genommen.«

»Wo hast du's versteckt? Raus damit!«

Tita hört ein ganz hohes Wimmern – kommt das aus dem bleichen Balz heraus?

»Verschwinde hier!« schreit Leos Vater. »Und komm mir nicht mehr unter die Augen. Morgen erstatte ich Meldung!«

»Bitte nicht zurück in die Anstalt!«

Trockenes Schluchzen.

»Bitte nicht!«

Poltern, Türenschlagen.

Tita huscht ins Hinterzimmer, rennt durch einen Vorratsraum, stolpert über leere Säcke. Leo fängt sie auf.

»Was ist bloß los?« fragt er. »Was ist mit Balz?«

»Dein Vater hat ihn weggejagt. Ich glaube, er hat Geld geklaut.«

»Gestohlen? Der bleiche Balz?«

»Dein Vater ist stinksauer.«

»Stinksauer? Ii, wieder so eins von deinen Wörtern. Stinksauer. Komm, wir gehen. Ich bin fertig mit den Säcken.«

Hinter der Kirche hängt eine dunkle Wolkenwand. Ein Windstoß jagt den Straßenstaub auf.

»Gibt es eigentlich schon Blitzableiter?« fragt Tita.

»Angst, wie? Klar haben wir einen Blitzableiter. Den hat schon Franklin erfunden. Wir haben auch Donnerfallen. Und Hagelwolkenfänger.«

»Und wer hat die erfunden?«

»Ich, soeben«, lacht Leo.

»Eine Schneekanone kannst du nicht erfinden«, sagt Tita, »die gibt's schon.«

»Und wozu ist die gut?«

»Macht Schnee für die Skifahrer.«

»Warum fahren die nicht Ski, wenn ohnehin Schnee liegt?«

Tita zuckt mit den Schultern. Und Leo schüttelt den

Kopf. »Ich habe mir irgendwie vorgestellt, in hundert Jahren seien die Leute vielleicht gescheiter.«

»Ach wo, vielleicht noch blöder. Kommst du morgen rüber? Ich meine: durchs Türchen?«

Tita spürt Leos Angst. »Trix hat einen Fernseher gemietet.«

»Ein Fernrohr?«

»Nein, so eine Kiste. Da drin siehst du, was in der Welt gerade passiert.«

»Stimmt das?«

»Komm doch, dann glaubst du's.«

»Ich hab aber morgen Schule. Wir üben fürs Examen.«

»Ich möchte zu gern in deine Schule kommen.«

»Ich kann ja fragen. Aber wenn du mit deinen seltsamen Wörtern daherkommst, wird der Lehrer...«

»...stinksauer?«

Leo lacht. »Also gut. Um halb acht in der Waschküche?«

Tita spürt kurz Leos Hand auf der Schulter. Dann ist er hinter der grünen Tür verschwunden.

Tschüß, Leo, denkt Tita und hat das Gefühl, seine Hand liege immer noch auf ihrer Schulter.

4

Ein Wunder und eine Angst

»Trix?«

»Hier bin ich«, ruft Titas Mutter aus der Küche. »Schönen Tag gehabt?«

»Ach… ja.«

»Etwas erlebt?«

»Hmm. Sag mal, was ist eine Besserungsanstalt?«

Trix dreht sich um. »Du hast ja einen Zopf! Sieht nett aus. Wie in einem alten Album. Eine Besserungsanstalt? So hat man wohl früher ein Heim genannt, in das verwahrloste Kinder abgeschoben wurden. Arme Teufel, die irgend etwas angestellt hatten. Warum?«

»Nur so. Ich hab heute einen Typen gesehen, der hatte ein großes und ein kleines Ohr.«

»Vielleicht hat man ihn als Kind immer am gleichen Ohr gezogen…«

Tita lacht.

»Tita! Du hast deine Zahnspange schon wieder nicht an!«

Mist. Die liegt immer noch »drüben«, in der Waschküche. »Morgen«, sagt Tita, »bestimmt. Was gibt's denn zu essen?«

»Fred hat Pizza gekauft, tiefgekühlte. So ein Blödsinn, wo er doch den ganzen Tag Zeit hätte, etwas zu kochen. Schon bald ein Jahr ist er jetzt ohne Arbeit. Wenn ich nur das Geld herzaubern könnte...«

»Wozu?«

»Fred möchte einen kleinen Laden eröffnen.«

»Und wenn wir sparen?«

»Das reicht nicht. Allein die Miete ... reden wir nicht davon. Gut, daß wir für den Rest der Ferien einen Fernseher haben. Fred sitzt bereits davor.«

Tita schaut ins Wohnzimmer, sieht den grauen Kopf ihres Vaters. Auf dem Bildschirm tanzt eine Trachtengruppe. Der Ton läuft nicht, Fred hat die Augen geschlossen. Tita muß leer schlucken und hat das Gefühl, ihr Hals sei zu eng.

Tita liegt im Bett und zieht die Bettdecke über den Kopf. Was für ein Tag! Auch unter der Bettdecke wird sie die Bilder nicht los: Leo, der auf der Straße liegt, und der fluchende Fahrer... Leo am Bett der Mutter... Leos Gesicht, wenn Tita ihn zum Lachen bringt... Ihr Versteck im Laden hinter den Fässern ... Der bleiche Balz und seine Verse beim Verkaufen: »Lakritze, Lakritze, bei Kälte und Hitze« ... Der Junge in der jägergrünen Jacke... Plötzlich wird es Tita ganz heiß, sie zerrt die Decke vom Kopf. Der grüne Junge war's! Er hat das Geld geklaut! Dazu hat er sich hinter den Ladentisch geschlichen. Und den bleichen Balz hat man zu Unrecht weggejagt. Warum ist ihr das bloß nicht rechtzeitig eingefallen? Könnte sie doch schnell hinüberlaufen zu Leo! Aber der schläft jetzt wohl in seiner Kammer, hinter einem dicken dunklen Wall aus hundert Jahren.

Tita steht schon umgezogen in der alten Waschküche, als Leo auftaucht und ihr grußlos eine Schürze entgegenstreckt.

»Bind sie dir um für die Schule!«

Was hat er bloß? denkt Tita. Dieses ernste Gesicht!

»Ist was?« fragt Tita.

»Mutter hat eine Lungenentzündung. Der Doktor war da.«

»Dann ist ja gut, der hilft ihr bestimmt, oder?«

Leo antwortet nicht. Er bindet Titas Schürzenbänder zu einer Schlaufe und prüft ihren Zopf. »Komm!«

Leo rennt voraus. Tita hat kaum Zeit, sich umzusehen. Ein paar wenige Häuser erkennt sie wieder, auch die Kirche. Sonst wüßte sie kaum, daß sie durchs gleiche Dorf hetzt wie gestern auf dem Rollbrett. Gestern gab es keinen Platz mit einer mächtigen Eiche, dafür eine große Kreuzung mit einer Verkehrsampel. Und kein kleines Schulhaus voller Efeu, dafür ein senfgelbes Altersheim.

»Schnell!« sagt Leo und schiebt Tita durch die Türe.

»Guten Morgen, Leo. Wen bringst du uns denn da mit?« fragt ein kleiner, strammer Mann.

»Guten Tag, Herr Lehrer, das ist... Tita. Sie... äh... wohnt im Gasthof und... äh... möchte zuschauen.«

»Aha. Das kleine Fräulein ist zu Besuch hier und kommt wohl aus der Stadt, wie? Rita heißt du?«

Tita starrt auf den roten Schnurrbart, der im Lehrergesicht auf und ab tanzt wie ein kleines Pelztier. Leo knufft sie in die Seite.

»Ja, aus der Stadt«, antwortet Tita. »Sie haben's richtig geschnallt.«

Der Lehrer zieht fragend die Brauen hoch, nimmt Tita bei der Schulter und führt sie ins Klassenzimmer. Das Gesums gedämpfter Stimmen hört schlagartig auf.

»Kinder, wir haben heute einen kleinen Gast. Er darf sich auf den freien Platz neben Leo setzen. Und ihr dürft ihm unser neues Lied singen. Aufstehen!«

Getrampel, Gerumpel, als sich die Kinder in den engen Schulbänken erheben. Leo zerrt Tita hoch. »Setzen!« Getrampel, Gerumpel. »Aufstehen!« Wieder rumpelt ein Pultdeckel. »Setzen! – Aufstehen!«

Tita kichert. Leo knufft sie wieder in die Seite.

»Ich hatt' einen Kameraden...«, schmettert der Lehrer, und die Klasse fällt ein: »... einen bessern find'st du nit!« Leos Stimme kratzt heiser mit. Morgensonne, schon sommerwarm, fließt durch die weitgeöffneten Fenster. Das Mädchen direkt vor Tita hat mitten auf dem Kopf eine große Schleife wie ein Geschenkpaket. Und der Junge daneben ... hat eine jägergrüne Jacke! Der Umschlagdieb! »Leo«, flüstert Tita aufgeregt. Aber Leo knufft sie wieder in die Seite.

Alle Schulklassen des Dorfes sitzen in diesem Zimmer. Die Erstkläßler schreiben mit Kreide auf ihre Schiefertafeln. Die Drittkläßler sagen die Fünferreihe auf. Die Großen wie Leo lesen in der Bibel. Auch Tita hat ein Buch vor sich. Sie taucht in diese alte Schrift wie in einen trüben Teich; da und dort kann sie ein Wort erraten. Wenn sie bloß nicht drankommt mit Vorlesen... Die grüne Jacke dreht sich immer wieder nach ihr um, bis ihr Tita die Zunge herausstreckt.

»So, Kinder, schließt die Bücher. Unser Gast kommt aus der Stadt und wird uns jetzt erzählen, wie es war, als der Kaiser zu Besuch kam.«

Tita erschrickt. Kaiser? Was für ein Kaiser? Gibt es überhaupt noch Kaiser?

»Nun?«

Tita steht zögernd auf. »Ich äh, ich ... hab's vergessen!«

»Vergessen? Vergessen den Jubel aus dreißigtausend Kehlen, als der Kaiser unser schönes Land salutierte? Der unvergeßliche Tag ist ja wohl ein paar Jahre her...«

»Ich, äh, ich war krank!«

»Ach. Etwa Schwindsucht?«

»Nein, ich hatte ganz schrecklich Dünnpfiff, äh, Durchfall. Von den Salmonellen im Softeis.«

»Bitte...? Nun, ich jedenfalls war dabei und werde mich stets an diesen kaiserlichen Festtag erinnern. Setzen!«

Erleichtert rutscht Tita auf ihren Sitz zurück. Alle Köpfe haben sich nach ihr umgedreht.

»Salomone, Soffteis! Hör endlich mit diesen Wörtern auf«, zischt Leo beim Herausgehen. »Nicht mal der Lehrer weiß, was das ist.«

»Und ich weiß nichts von Kaisern«, zischt Tita zurück. »Aber ich weiß etwas von der grünen Jacke!«

Hastig erzählt Tita, was ihr gestern im Laden aufgefallen ist. »Also nicht der bleiche Balz«, sagt Leo und ballt die Fäuste, bis die Knöchel weiß werden. »Die grüne Jacke, wie du ihn nennst, heißt Wilhelm, wie der Kaiser, und ist der Sohn des Lehrers.«

»Und was machen wir mit dem Mistkerl?«

»Ich muß jetzt auf den Turnplatz.«

»Und ich?«

»Die Mädchen haben Nähschule.«

»Ii, ohne mich! Ich warte lieber auf dich.«

»Nachher haben wir Rechnen. Hast du die Rechnungen gesehen, die an der Tafel stehen? Ich kann bestimmt wieder keine einzige.«

Armer Leo. Heute hat er noch nicht einmal gelacht.

Tita rennt zur alten Waschküche zurück, wechselt hastig die Kleider und stürmt die Treppe hoch. Gottlob, Trix ist noch da.

»Hallo! Ich hol mir bloß schnell den Taschenrechner. Ist eine Lungenentzündung eigentlich schlimm? Und kennst du einen Kaiser Wilhelm?«

Trix lacht. »Du fragst wieder Kraut und Rüben. Also: Kaiser namens Wilhelm gab's wohl einige. Der letzte deutsche Kaiser war ein Wilhelm; der mußte nach dem Ersten Weltkrieg abdanken. Und an Lungenentzündung sind damals viele Leute gestorben. Heute hat man Medikamente dagegen. Antibiotika.«

»Haben wir solche?«

»Kann sein. Fred mußte mal welche nehmen. Dixtrin hieß das Zeug. Warum?«

»Ach, bloß so«, murmelt Tita, sucht einen Kugelschreiber und schreibt ›Dixtrin‹ aufs Handgelenk.

Wieder sitzt Tita in der engen Schulbank, die Bibel vor sich. Sie möchte lieber lesen, hat sie gemeint, als ihr der Lehrer einen Federhalter anbot. Diese Schnörkelzahlen würde sie doch nie zustande bringen. Während Leo die Rechnungen von der Tafel abschreibt, tippt sie Tita in den kleinen Taschenrechner auf den Knien und flüstert Leo ein Resultat nach dem andern zu. Ein Wunder! hat Leo gesagt, als sie ihm den Taschenrechner gezeigt hat. Und wieder sieht er Tita ungläubig an: Ob das wohl alles stimmt? Tita nickt und schiebt den Rechner in die Schürzentasche. Leo streckt den Arm hoch.

»Leo?«

»Ich bin fertig, Herr Lehrer.«

»Du sollst dich erst melden, wenn du alle Rechnungen gelöst hast.«

»Ja, Herr Lehrer.«

»Also, setz dich.«

Die grüne Jacke dreht sich um und grinst.

»Ich *habe* alle Rechnungen gelöst, Herr Lehrer!«

»Wie? Dann wird wohl kaum eine richtig sein. Bring mir dein Heft.«

Wieder dreht sich die grüne Jacke um und grinst. Und wieder streckt ihr Tita die Zunge heraus.

Der Lehrer beugt sich über Leos Heft und schüttelt den Kopf. »Wahrhaftig«, sagt er endlich. »Wahrhaftig! Alle richtig! Und schneller als Wilhelm. Du kannst, wenn du willst, Leo. Und merke: Von der Wiege bis zur Bahre – Lernen ist das Wunderbare. Für heute bist du entlassen.« »Ich entlaß mich auch!« ruft Tita.

Kaum draußen, tanzt Tita lautlos, aber wild wie Rumpelstilzchen um Leo herum. Und da endlich schleicht sich ein Lachen in Leos Gesicht.

»Du kannst, wenn du willst, wahrhaftig, wahrhaftig«, kichert Tita. »Und weißt du was? Was du tatsächlich kannst? Deine Mutter gesund machen! Komm in die Waschküche, schnell!«

»Hör auf mit deinen Späßen«, sagt Leo leise. »Wo doch meine Mutter… vielleicht stirbt.«

5

Was jetzt?

Verlegen schaut sich Leo in der Ferienwohnung um. »Ist niemand da?«

»Nein, Trix arbeitet, und Fred wird auf einem seiner langen Spaziergänge sein. Ein Glück, daß dir Trix' Turnschuhe passen. Und hier ist ein frisches T-Shirt.«

»Was ist da drin?« fragt Leo und preßt ein Ohr an den Kühlschrank. »Es summt.«

»Keine Bienen«, lacht Tita. »Es ist ein Kühlschrank, siehst du? Tomaten, Brokkoli, Joghurt...«

»Von Tomaten hab ich schon gehört. Und was ist in den Schachteln da?«

»Milch.«

»Milch in Schachteln, so etwas Verrücktes! Und wie macht man das Licht aus?«

»Was für ein Licht?«

»Das im kühlen Schrank.«

»Ach so, das geht automatisch aus. Du hast Tinte im Gesicht!« Tita schubst Leo ins Badezimmer, und dann schauen sich beide im Spiegel an.

»Du und ich«, sagt Leo. »Wir sind wirklich da.«

»Du und ich«, sagt Tita. »Und irgendwo sind hundert Jahre...«

»Wie ein unsichtbarer Engel.«

»Oder wie ein Gas, das man nicht riecht.«

Für einen langen Moment bleiben sie regungslos stehen. Dann dreht Leo den Wasserhahn auf und beugt sich über das Waschbecken. »Autsch, das ist ja heiß!«

»Entschuldigung. Rechts ist kalt.«

Leo dreht die Hähne auf und zu, auf und zu. »Wir haben nur heißes Wasser im Schiff.«

»Ihr habt ein Schiff?«

Leo lacht. »So nennt man den Wasserbehälter auf dem Herd.«

»Aha. Und wie nennt ihr das hier?« fragt Tita und klappt den WC-Deckel hoch.

»Das ist wohl das Häuschen«, murmelt Leo verlegen.

»Falls du mußt«, ruft Tita im Hinausgehen, »dann rasch! Sonst verpissen, äh, verpassen wir den Bus.«

»Schnell!« Tita rennt voraus, spürt aber Leos Zögern, bleibt stehen und nimmt seine Hand. »Mach einfach alles so, wie ich's mache.«

Leo nickt.

»Wir düsen in die Stadt, holen das Medikament, und heute abend gibst du deiner Mutter schon die erste Pille! Ein Bus«, keucht Tita im Weiterrennen, »ist so etwas wie eine Eisenbahn, einfach ohne Schiene, ich meine...«

»Jaja, ich weiß, was Eisenbahnen sind. Vom Zugsunglück in Münchenstein bei Basel redet man immer noch. Fünfundsiebzig Tote.«

»Uff, hab ich gar nicht mitbekommen, sonst zeigen sie doch so was im Fernsehen.«

»Ach, Tita, ich rede doch von *jetzt,* ich meine, nicht von jetzt...«

»Ich hab keine Fahrkarten«, flüstert Tita, als der Bus losfährt. »Hoffentlich gibt es keine Kontrolle. In dreißig Minuten sind wir in der Stadt.«

»Schon? Ich darf manchmal mit meinem Onkel mitfahren, auf dem Pferdewagen. Einmal hat er mir den Bahnhof gezeigt, und einmal den Tiergarten. Da gibt es Gemsen und Hirsche. Und einen Bären.«

Tita sieht, wie sich Leo am Sitz festkrallt. »He, entspann dich! Und was gab's sonst noch in diesem Tiergarten? Ist dir schlecht?«

Leo nickt.

»Kotzübel?«

Leo grinst. Aber er ist käsebleich. »Es saust alles so schnell vorbei«, würgt er hervor. »Und immer dieses Geräusch...« Und dann sagt er auf der ganzen Fahrt kein einziges Wort mehr.

»Ist etwas passiert?« fragt Leo beim Aussteigen.

»Was soll denn passiert sein?«

»Alle diese Menschen!«

»Das ist hier immer so. Jetzt gehen wir diese Treppe hoch, dann kriegst du Luft.«

Aber Leo wagt sich nicht auf die Rolltreppe. Tita ist schon oben und winkt ihn herauf. Wie festgewurzelt steht Leo unten an der Treppe, und die Leute zwängen sich ungeduldig an ihm vorbei. Endlich tut er einen gewaltigen Satz, als springe er über einen Bach, und stolpert oben in Titas Arme.

»Könntest wohl auf mich warten«, sagt er böse.

»Tu ich ja«, sagt Tita zerknirscht. »Jetzt kaufen wir uns erst mal ein Eis. Willst du Vanille oder Erdbeer?«

»Ich will nach Hause.«

»Sei doch nicht sauer, denk an das Medikament!«

Tita stößt und zieht Leo durch das Gedränge.

»Was ist?« fragt Leo, als sie hinter einer Gruppe von Leuten plötzlich stehenbleibt.

»Die Ampel steht auf Rot«, zeigt Tita. »Wir warten auf Grün. Jetzt!«

Leo läßt sich im Menschenrudel auf die andere Straßenseite schieben, bleibt dann stehen und schaut zurück. »Das ist unheimlich«, sagt er. »Einem Licht zu gehorchen. Nur laufen dürfen, wenn alle anderen auch laufen. Und alle sind so stumm. So gar nicht wie Menschen.«

»Willst du vielleicht lieber überfahren werden?«

Hand in Hand gehen Tita und Leo den Läden entlang. Tita spürt am Druck von Leos Hand, wo er stehenbleiben will – vor der Auslage mit den Früchten, vor den Fenstern des Reisebüros mit den Palmenstrandbildern und den Flugzeugmodellen, vor der Bäkkerei – »Brot riecht immer noch wie Brot!« –, vor den Schaukästen mit alten Briefmarken und Münzen, vor dem Zoogeschäft mit den Meerschweinchen im Schaufenster.

Dann deutet Tita auf eine Kabine mit einem schwarzen Vorhang: »Wir machen ein Foto!«

Sie quetschen sich nebeneinander auf den Hocker. Tita schiebt eine Münze ein.

»Wenn das Lämpchen grün wird, mußt du lachen, Leo!« Es blitzt – Leo kneift die Augen zu.

»Und jetzt?«

»Das Bild kommt in zwei Minuten aus dem Automaten.«

»Komische Welt: laufen bei Grün, lachen bei Grün...«

»Da schau«, kichert Tita, »wir zwei!«

Das Foto zeigt Leo mit schmalen Augenschlitzen und verzerrtem Mund, Tita mit weit aufgerissenen Augen und einem gefrorenen Lachen.

»Und jetzt ab ins Warenhaus, ich will rasch in die Nähabteilung im ersten Stock«, sagt Tita und sieht dann Leos mißtrauischen Blick in Richtung Rolltreppe. »Du kannst hier unten warten und dich ein bißchen umsehen.«

»Wenn du meinst...«, murmelt Leo und blickt Tita nach, wie sie nach oben entschwebt.

Tita kauft sich ein Stück Band, breit, blau, mit weißen Tupfen. Das will sie als Schleife ins Haar binden, wenn sie mit Leo wieder in die Schule geht. Ungeduldig drängelt sie zwischen den Leuten abwärts. Ob Leo das Band gefällt? Wo ist er überhaupt? Tita späht um alle Ecken.

Beim Ausgang klumpt sich eine Menschengruppe zusammen. »Loslassen!« schreit jemand. Das ist Leo! »Loslassen!« Ein Verkäufer hält Leo am Oberarm fest. Leo windet sich.

»Jetzt gehen wir zum Verkaufschef, Bürschchen«, sagt der Verkäufer. Tita berührt Leos Hand und schaut ihn fragend an. Was ist geschehen?

»So, einen Taschenrechner hast du mitgehen lassen«, sagt der Verkaufschef. »Dann wollen wir mal deine Eltern anrufen. Telefonnummer?«

Leo steht bleich und stumm da.

»Sie haben kein Telefon!« ruft Tita aufgeregt.

»Weißt du keine bessere Ausrede für deinen Freund?«

»Sie haben ganz bestimmt kein Telefon, weil ... sie sind ... sie haben nicht mal einen Kühlschrank. Und die Mutter ist krank. Und ... Bitte, lassen Sie Leo gehen, ausnahmsweise!«

»Leo heißt du also? Nicht mal einen Kühlschrank habt ihr?«

»Ja, und die Schuhe hat er nur ausgeliehen«, sagt Tita eilig.

Der Verkaufschef schaut verwirrt auf Leos Füße.

»Nun gut. Macht, daß ihr rauskommt. Ich drücke ein Auge zu.«

»Klauen! Sag mal, spinnst du?« schimpft Tita draußen auf der Straße. »Kannst dich doch nicht einfach bedienen!«

»Warum? Ich habe bloß den Rechner genommen und wollte draußen auf dich warten. Die andern haben auch alles mögliche von den Gestellen genommen, die haben ganze Körbe gefüllt!«

»Das ist eben Selbstbedienung, verstehst du? Was man nimmt, muß man nachher an die Kasse bringen und bezahlen!«

»Wie soll ich das wissen?« sagt Leo trotzig. »Mir ist schlecht. In diesem Haus war gar keine Luft.«

Armer Leo, denkt Tita. »Ich schenk dir meinen Taschenrechner.« Aber was soll er damit, wenn die Batterien leer sind? Was ist, wenn ihre Ferien zu Ende sind? Und überhaupt: Wie lange werden sie noch zueinander ins fremde Jahrhundert steigen? Einander sehen können, spüren können?

Diesmal ist es Leo, der Tita bei der Hand nimmt. »Denkst du das gleiche?« fragt er.

Mit einem scharfen Ruck bremsen zwei Rollbrettfahrer vor ihnen ab. »Sieh mal an, Tita-Baby!« sagt der eine. »Schleppt echt einen Typen ab, mitten am Tag!«

»Haut ab«, sagt Tita und wird ganz rot.

»Tante Tita ist verknallt«, lacht der andere. »Was ist denn das für ein Softie? Hat er eine Perücke auf? Wollen wir mal dran zupfen?«

»Verschwinde«, sagt Leo leise und ballt die Faust. »Komm, Tita, wir gehen weiter.«

»Blöde Affen«, zischt Tita. »Die sind aus meiner Schule.«

»Was heißt verknallt?«

»Ach, nichts. Die reden so. Hängen herum und machen faule Sprüche. Ist dir immer noch schlecht?«

»Nein, ich hab nur so ein dumpfes Gefühl in den Ohren. Etwas dröhnt dauernd. Hörst du das nicht?«

Tita lauscht. Nein, sie hört nichts. Oder doch: etwas Brummendes, Rauschendes, pausenlos. »Das ist der Verkehr«, sagt Tita. »Übrigens, wo du ›Ohren‹ sagst, fällt mir der bleiche Balz ein.«

»Wir holen ihn«, sagt Leo. »Wir holen ihn raus aus der Besserungsanstalt, irgendwie.«

Tita nickt. »Irgendwie und so bald wie möglich.«

Mit einem Zischen öffnet sich die automatische Tür der Apotheke. Leo zuckt zusammen. Entschlossen geht Tita auf die Apothekerin zu. »Eine Packung Dixtrin, bitte.«

»Dixtrin forte?«

»Ja genau.«

Mit schlanken flinken Fingern zieht die Apothekerin eine Schublade auf, und Tita blickt vergnügt zu Leo. Diese kleine grünblaue Packung wird Wunder wirken an seiner Mutter. Tita öffnet ihr Portemonnaie. Zum Glück hat sie von ihrem Feriengeld noch kaum etwas gebraucht.

»Du brauchst nicht jetzt zu bezahlen«, sagt die Apothekerin. »Gib mir einfach das Rezept.«

»Das Rezept? Das, äh, haben wir vergessen.«

»Ohne Rezept kann ich dir das Medikament nicht geben.«

»Unsere Mutter braucht es aber.«

»Dann lauft schnell und holt es.«

»Oder können wir es morgen bringen?«

»Bedaure, das geht leider nicht«, sagt die Apothekerin. Und legt das grünblaue Päckchen wieder in die Schublade.

»Rezept?« fragt Leo ungeduldig. »Heißt das, die kochen das Zeug erst?«

»Nein, das Rezept ist so etwas wie eine Erlaubnis vom Arzt. Und ohne den blöden Wisch geben sie uns die Schachtel nicht«, seufzt Tita. »Was machen wir jetzt bloß?«

Leo fährt sich mit einer Hand übers Gesicht, als streife er die Schatten der Enttäuschung weg. »Du hast mich belogen«, sagt er mit seltsam ruhiger Stimme. »Hätte ich dir nur nie geglaubt.« Und noch leiser sagt er: »Hätte ich dich nur nie getroffen.«

6

Notlüge, Glücksgefühle

Tita ist sprachlos. Meint es Leo ernst? Er hat sich von ihr abgedreht und starrt in ein leeres Schaufenster. »Dann vergiß mich!« sagt Tita wütend. »Bin schon gegangen!«

Mit einem energischen Ruck läuft sie los und biegt in die erstbeste Querstraße ein. Soll er doch machen, was er will, denkt sie beleidigt. Ich wollte ihm helfen – und was tut er? Macht alles kaputt. Tita kickt eine Cola-Dose übers Pflaster. Sie rollt unter einen Kinderwagen, und Tita fängt einen bösen Blick ein. Was kann ich dafür, daß man für Dixtrin ein Rezept braucht... Da schleppe ich ihn in die Stadt, schleuse ihn durch alle Schwierigkeiten – und er? Sagt ganz cool: Wenn er mich bloß nie getroffen hätte.

Tita knetet ihren Ärger von allen Seiten. Vielleicht hat sie Leo zuviel Hoffnung gemacht. Mag ja sein. Wenn ihre Mutter so todkrank wäre, dann... Daß Leo enttäuscht ist, kann sie begreifen. Jetzt muß er mit leeren Händen nach Hause. Tita erschrickt: Er weiß ja gar nicht wie! Und Geld hat er auch keins! Sie kann ihn doch nicht einfach stehenlassen in dieser fremden Zeit. Tita rennt zur Apotheke zurück. Aber Leo ist verschwunden.

Aufgeregt sucht Tita die Strecke ab, die sie zusammen gegangen sind, sie späht in die Läden – kein Leo. Sie läuft durch die Parkanlage, hofft, daß auf irgendeiner Bank ein erschöpfter Leo sitzt. Nichts. Sie streift durch den Bahnhof, schaut nach allen Bushaltestellen, in den Warteräumen, an den Fahrkartenschaltern. Mit einem Mal ist sie sehr müde. Sie tritt aus der dämmrigen Bahnhofshalle hinaus in den gleißend hellen Nachmittag und weiß nicht mehr weiter. Sie klaubt das neue Haarband aus der Hosentasche, geht hinüber zur Brücke über den Fluß und wirft das Band ins Wasser. Es verschwindet rasch, und Tita schaut ihm nach, auch als sie es längst nicht mehr sieht.

Plötzlich registriert sie im äußersten Augenwinkel einen blonden Kopf in einer Gruppe von anderen Köpfen. Leo! Er steht am Flußufer zwischen ein paar Männern. Tita rennt los. Was soll sie ihm sagen? Sie legt ihm einfach die Hand auf den Rücken. Leo dreht sich um, und wie angeknipst leuchtet Freude auf in seinem Gesicht.

»Komm weg hier!« flüstert Tita.

»Die haben gefragt, ob ich Stoff will«, sagt Leo. »Dabei haben sie gar keinen da. Und nähen kann ich ohnehin nicht.«

»Und ob die Stoff haben, aber nicht solchen, wie du

meinst. Nicht Schürzenstoff oder so was.« Tita versucht, so gut sie kann, zu schildern, was Drogen sind und was sie bewirken, und Leo blickt verwundert zurück auf die Menschengrüppchen am Flußufer.

»Wenn das wirklich so ist, wie du sagst«, meint er, »dann sind die schlimmer dran als der Schnapser-Karl. Der schwankt jeden Abend mit einem Rausch durchs Dorf, und dann schläft er irgendwo ein, und seine Frau muß ihn suchen, und sie arbeitet als Waschfrau, und er versäuft das Geld, und Schnapser-Karls Karli ißt manchmal bei uns, weil's zu Hause nichts gibt, und... Hast du auch so einen Hunger?«

»Ich fall gleich um. Komm, wir schwanken zu mir nach Hause. Wir finden bestimmt was im Küchenschrank.«

Es ist still um das große Mietshaus, ferienstill. Auf der Treppe legt Tita den Finger auf die Lippen: »Leise, damit uns Frau Duss nicht hört!« Fast geräuschlos schiebt sie den Schlüssel ins Schloß, und dann schlüpfen die beiden rasch in die dunkle Wohnung. Tita tastet sich in die Küche. »Wir lassen die Rolläden unten, wegen der Duss.«

»Wer ist die Duss?«

»Eine Nachbarin, die den Briefkasten leert und zur Wohnung schaut, solange wir in den Ferien sind. Wahrscheinlich schnüffelt sie hier überall herum. Da schau: Was wünscht der Herr? Thunfisch, dazu Maiskörner? Oder Linsen mit Speck? Oder magst du Ravioli?«

»Ich mag wahrscheinlich alles. Ich mag dich. Vergiß, was ich vor der Apotheke gesagt habe.«

Tita ist froh über das spärliche Licht und daß Leo nicht sieht, wie sehr sie sich freut. Sie öffnet eine Dose Ananas und streckt sie Leo entgegen. »Iß! Ich mach inzwischen die Ravioli warm.«

Leo stöhnt vor Wohlbehagen und schlürft den Saft aus der Dose.

»Psst!« Ein Schlüsselgeräusch – an der Wohnungstür macht sich jemand zu schaffen. Tita dreht den Herd aus, packt Pfanne und Dose und flüchtet ins Schlafzimmer, Leo hinterher. Tita deutet auf den Kleiderschrank, sie steigen hinein und Leo zieht lautlos die Schiebetür ein Stück zu.

»Ja, wie riecht's denn hier wieder?« sagt eine Stimme. Im Korridor geht das Licht an. »Die Herrschaften verreisen, und ich kann diesen Kaninchenstall dann lüften, tz-tz-tz.«

Tita kichert und stellt die warme Pfanne auf einen Stapel Wäsche neben sich.

»Schöne Herrschaften ... Keine anständige Polstergruppe, aber Ferien müssen sein. Und der ganze Bücherkram da am Boden ... tz-tz-tz.« Eine Schublade wird aufgezogen. »Und was haben wir da? Lauter Fotos, durcheinander. Eine Ordnung ist das!« Eine andere Schublade wird aufgezogen. »Silberbesteck, immerhin. Schöner als meins ...«

Jetzt wird Tita übermütig. Sie kratzt mit den Fingern langsam über die Schranktüre, auf und ab. »Was zum Teufel«, sagt die Stimme, und dann ist es ganz ruhig. Tita preßt die Knie ins Gesicht, damit sie nicht laut herauslacht. Sie spürt, wie Leo tief einatmet, und dann gibt er einen langgezogenen kläglichen Laut von sich, einen schauerlichen Käuzchen-Ruf.

Die Schublade wird hastig zugestoßen, das Licht geht aus, die Wohnungstür fällt ins Schloß.

Tita und Leo klettern aus dem Schrank und prusten ihr Gelächter in die Bettdecke. »Die kommt nicht mehr«, lacht Tita, »wir können getrost Licht machen.« Sie holt die Pfanne aus dem Schrank, stutzt und zieht eine Schachtel voller Medikamente hervor. Hastig wühlt sie darin, und da – da ist die grünblaue Packung! Dixtrin! Tita streckt sie Leo entgegen, und er macht sie auf. Sie ist leer bis auf zwei Tabletten.

Wieder ist die große Enttäuschung da.

»Macht nichts«, sagt Tita schließlich und steckt die Packung ein. »Ich hab eine Idee.«

Sie essen die lauwarmen Ravioli direkt aus der Pfanne; Leo schleckt sie aus, während Tita die Post durchsieht.

»Rechnungen. Trix und Fred werden sich freuen. Und für mich eine Karte aus Kairo von Vera und eine von Steinemanns aus Florida, siehst du?«

»Schön«, sagt Leo.

»Willst du sie haben?« Tita beneidet die anderen nicht mehr, weil sie so weit weggefahren sind. Ich habe eine viel verrücktere Reise gemacht, denkt sie. Und ich habe Leo.

»Ich platze«, sagt Leo.

»Ja nicht! Sonst hört es die Duss. Wir gehen jetzt besser.«

Sie wäscht die Pfanne aus, legt dann die grünblaue Packung hinein und läßt Wasser darüberlaufen.

»Was tust du da?« fragt Leo erstaunt.

»Laß mich nur machen.«

»Das Dröhnen ist fast weg«, sagt Leo auf dem Rückweg. »Hat der Verkehr aufgehört? Und warum ist die Stadt plötzlich so leer?«

»Mist!«

»Mist?«

»Die Läden sind zu. Samstags schließen sie früher.«

»Wir bekommen die Medizin sowieso nicht. Und überhaupt.«

»Überhaupt?«

»Ich glaube nicht mehr, daß sie etwas genützt hätte. Der Pfarrer hat gesagt ... hat gesagt, Mutters Zeit sei um.«

Leos Stimme ist brüchig.

»Laß es uns probieren«, tröstet Tita. »Die Apotheke am Bahnhof ist wahrscheinlich noch offen.«

Glück, denkt Tita, als sie vor der geöffneten Apotheke steht. Glück, bleib bei mir. Diesmal will Leo nicht mit hinein. Und Tita ist froh darüber; sie möchte nicht, daß Leo hört, wie sie lügt.

Geduldig wartet sie, bis eine Frau ihren Durchfall

fertig geschildert und zur Bezahlung ihrer Tabletten lauter kleine Münzen hervorgeklaubt hat. In zwei Minuten fährt der Sechs-Uhr-Bus!

Tita legt die zerknautschte, feuchte Packung auf den Ladentisch. »Meine Mutter braucht dringend einen Ersatz, die Packung ist ins Wasser gefallen.« Sie zieht die Wörter wie am Schnürchen aus dem Mund… daß sie kein Rezept habe, daß der Arzt nicht erreichbar sei.

»Was fehlt denn deiner Mutter?«

»Lungenentzündung.«

Tita hat das Bild des verdunkelten Krankenzimmers vor sich, die bleiche Hand, die Leo über den Kopf streicht, seine Traurigkeit – und sie flunkert verbissen weiter, bis sie die grünblaue Packung endlich in der Hand hat.

Draußen hebt Leo fragend den Kopf.

»Ich hab sie! Zum Bus!«

Der Bus ist weg. Mit dem nächsten werden sie erst um halb acht im Dorf sein. »Das gibt Schimpfe«, seufzt Tita. »Bei dir auch?«

Leo schüttelt den Kopf: »Schlimmer.«

Tita kauft zwei große Portionen Eis, um »das Warten abzukühlen«. Leo schleckt es langsam, fast andächtig, und ist noch kaum bei der Hälfte, als Tita schon die klebrigen Finger an der Hose abwischt und die grünblaue Packung aufreißt.

»So ein Kauderwelsch, das versteht keine Sau«,

schimpft sie, während sie den beigelegten Zettel studiert. »Aber da steht's: Dreimal täglich eine Tablette. Mit viel Flüssigkeit, hörst du?«

Leo nickt. »Noch heute abend.«

Die Busfahrt macht Leo nichts mehr aus, er scheint sie sogar zu genießen. Aufmerksam schaut er aus dem Fenster und fragt und fragt. »Was bedeutet ›Motel‹? Und ›Hobby-Center‹? Und ›Parkhaus‹? Und ›Disco‹? Warum baut man die Häuser so hoch? Warum sind sie oben flach? Und was sind das für Drahtbäume auf den Dächern? Was schiebt der Mann dort für ein schweres Gerät auf der Wiese herum? Was ist in diesem riesigen Turm, und was ist das für eine weiße Wolke, die oben herauskommt?«

Tita lacht. »Hör auf! Du fragst mir ja Löcher in den Kopf.«

Leo legt den Arm um Tita, und beide bleiben stumm, bis der Bus auf dem Dorfplatz hält.

Rasch laufen sie heimwärts. Einmal bleibt Leo stehen und fischt eine Zeitung aus einem Abfallkorb: »Wenn man sie in die Hose stopft, brennen die Schläge weniger.«

Tita schaut Leo ungläubig an. Er pfeift leise vor sich hin.

»Viel Glück«, sagt er bei der Haustür.

»Bis bald«, sagt Tita.

Leo verschwindet im Keller, Tita steigt mit schweren Füßen die Treppe hoch. »Hallo«, ruft sie. »Ist leider etwas spät geworden.«

»Gerade wollten wir die Polizei anrufen«, sagt Trix eisig. »Bald acht! Wo warst du? Raus mit der Sprache!«

Tita zögert. Soll sie sagen, was war? Soll sie erzählen von Leo, von seiner Mutter, von der anderen Zeit? Sie glauben mir ja doch nicht, denkt sie. Sie haben mir auch nicht geglaubt damals, als mir die alte Frau Schlumpf den goldenen Ring geschenkt hat. Oder damals, als ich gesagt hab, ich hätte einen nackten Hund gesehen. Oder damals, als ich in der Nacht immer wieder die traurige Geige gehört hab. Tita und ihre Phantasie, sagen sie einfach. Sie glauben mir nicht.

»Ich war in der Stadt und wollte Lena besuchen. Aber sie war nicht zu Hause, und dann hab ich den Bus verpaßt«, sagt Tita trotzig.

»Ich mag es nicht, wenn du dich in der Stadt herumtreibst«, sagt Fred. »Wozu haben wir eine Ferienwohnung auf dem Land gemietet?«

»Hier ist es langweilig.«

»Wir können dich schon beschäftigen«, sagt Trix, noch eisiger. »Ab Montag arbeitest du mit Fred jeden Morgen zwei Stunden. Das Rechenbuch ist da, und Zeit habt ihr genug. Fred hockt auch bloß herum.«

Fred ist bleich geworden. Tita schluckt leer. Auch das noch. Streit in der Luft.

»Und morgen«, sagt Trix, »machen wir einen Ausflug. Zusammen. Ich gehe zu Bett. Gute Nacht.«

Tita kann nicht einschlafen. Ob Leo seine Prügel schon bezogen hat? Vielleicht ist er jetzt in seinem Dachzimmer und weint. Und morgen kann sie ihn nicht mal besuchen. Ach Leo. Lieber, lieber Leo.

7

Ein Ausflug zur falschen Zeit

Zum Glück ist dieser Sonntag vorbei! Diese öde Wanderung! Kaum ein Wort haben Fred und Trix miteinander gesprochen. Mit einem Satz springt Tita aus dem Bett. Schon sieben! Noch im Pyjama eilt sie hinunter in den Keller und zwängt sich durch das Türchen hinüber in die alte Welt. Leo sitzt schon da, auf einem umgestülpten Wäschekorb, und mustert belustigt die tanzenden Mäuse auf Titas Schlafanzug.

»Und?« fragt Tita.

»Nichts Neues. Mutters Fieber ist immer noch hoch. Der Pfarrer war wieder da. Und die Lehrersfrau als Nachtwache.«

»Und die Tabletten?«

»Fünf Stück hab ich ihr bis jetzt gegeben, wenn jeweils grad niemand im Zimmer war. ›Die machen dich gesund‹, hab ich gesagt.«

»Und?«

»Sie hat gesagt: ›Wenn du es glaubst, dann helfen sie mir.‹«

»Das tun sie auch.«

»Ich weiß es nicht. Ich habe Angst.«

Tita setzt sich neben Leo.

»War's schlimm am Samstagabend?«

»Prügel halt.«

»Und ich muß zur Strafe jeden Morgen rechnen mit Fred.«

»Wir haben bis zum Examen nachmittags schulfrei! Die meisten müssen beim Heuen helfen...«

»Du auch?«

»Nein. Kommst du um zwei? Dann knöpfen wir uns die grüne Jacke vor.«

»Cool!«

»Kuhl?«

Tausend Dinge gehen Tita durch den Kopf, nur nicht das, was in den Rechenaufgaben steht: Wenn drei Röhren in der Minute dreißig Liter Wasser liefern ... was wird dann Leo der grünen Jacke sagen? Und wenn der Zug A zehn Minuten früher durch den Tunnel fährt als der Zug B... dann geht es Leos Mutter morgen schon besser ... ¾ sind 0,75 ... Leo wartet um zwei ... ein Arbeiter verdient in der Woche vierhundert Franken...

Auch Fred ist nicht ganz bei der Sache. »Genug für heute«, meint er nach einer Stunde. »Überhaupt: Ein Arbeiter würde sich bedanken für einen Wochenlohn von vierhundert Franken. Komm, wir kochen uns etwas.«

Tita hat Lust auf Gemüsesuppe.

»An einem heißen Sommertag?« wundert sich Fred. »Wenn du unbedingt willst…«

Friedlich sitzen sie am Küchentisch und schneiden Grünzeug klein. »Gab's schon Peperoni vor hundert Jahren?« will Tita wissen.

»Bei uns, meinst du? Wohl kaum. Höchstens bei reichen Leuten, die ein Gewächshaus und einen Gärtner hatten und genug Zeit für Extravaganzen. Ein Arbeiter stand damals elf Stunden am Tag in der Fabrik. Im ersten Jahr gab's einen Tag Ferien und für jedes weitere Jahr einen einzigen Tag dazu. Auch am Samstag wurde gearbeitet, in Ruß und Staub, und am Abend mußte man sich das Wasser aufheizen für das wöchentliche Bad.«

»Lebst du lieber heute?«

»Hm. Das Leben war vielleicht damals härter, dafür war die Welt noch nicht so hektisch, noch weniger kaputt. Aber ich weine bloß wegen der Zwiebel.«

»Erzähl noch mehr von früher!«

»Vor hundert Jahren war meine Großmutter – warte mal – drei Jahre alt, und meine Urgroßmutter muß da wohl so zwanzig Jahre alt gewesen sein. Sie galt als gescheites Mädchen und wäre gerne auf die Universität gegangen. Aber Frauen durften damals noch nicht studieren, zumindest nicht in Deutschland, wo sie aufwuchs. Frauen durften damals kaum etwas. Nicht mal ihre Beine zeigen. Das galt als unschicklich.«

»Und was war sonst noch los?«

»Ich glaube, Nansen hatte bereits den Nordpol erreicht, in Amerika ging man immer noch auf die Indianer los, in der Stadt fuhren vielleicht noch Pferdetrams, Eisenbahnen gab's wohl noch nicht...«

»Doch.«

»Woher weißt du's?«

»Von – äh – Leo. Der kennt sich aus in Geschichte.«

Froh, daß Fred nicht weiterfragt, steht Tita auf und umarmt ihn von hinten. Eine Sekunde lang halten sie sich fest, in einer glücklichen Wolke aus Zwiebelduft und Innigkeit.

Tita späht aus dem Waschküchenfenster. Wo Leo bloß bleibt? Soll sie sich umziehen und ihm entgegenlaufen? Nein, da kommt er in großen Sätzen über den Kiesplatz. »Schon alles erledigt!« keucht er und erzählt: Er sei in der Pause auf den Wilhelm – die grüne Jacke – losgegangen. ›Ich weiß, daß du es warst, der das Geld gestohlen hat‹, habe er ihm gesagt. ›Und den bleichen Balz hat man zu Unrecht weggejagt, drum gib das Geld her, oder ich prügle es dir aus der Hose!‹ Der Wilhelm habe alles abgestritten und sei nach der Schule sofort verschwunden. »Und jetzt paß auf: Am Mittag hat mein Vater den Umschlag im Laden gefunden, zwischen dem Salzfaß und dem Butterstock. Die grüne Jacke hat ihn nämlich zurückgelegt!«

»Du scheinst ihm einen schönen Schrecken eingejagt zu haben«, lacht Tita.

»Eigentlich hab ich mich schon gefreut auf die Schlägerei.«

»Und Balz?«

»Vater hat gesagt, er wolle sich bei ihm entschuldigen und ihn im Laden fest einstellen. Ich solle gleich zum Samariter laufen.«

»Wer ist der Samariter?«

»So heißt die Besserungsanstalt. Eine gute Stunde von hier, in Kreuzwil. Gehen wir?«

»Wir nehmen lieber den Bus. Der arme Balz soll nicht länger warten als nötig. Zieh dich um!«

Blitzschnell streift Leo die Hosenträger von den Schultern, steigt aus der Hose und zwängt sich in die Jeans. Sie kriechen durch das Türchen und flitzen die Kellertreppe hoch.

»Ich freu mich tierisch«, sagt Tita.

»So wie ein Regenwurm?« fragt Leo.

Im Bus erzählt Tita vom Sonntagsausflug und von der schlechten Stimmung zwischen Fred und Trix. »Es wird immer schlimmer, je länger er keine Arbeit hat. Wenn er nur endlich das Geld hätte, um den kleinen Laden aufzumachen.«

»Als ich mit dir in der Stadt war, hab ich ein Schaufenster gesehen mit alten Briefmarken…«

»Du hast mir wohl gar nicht zugehört!«

»Doch. Es ist nur: Ich habe so ein volles Gefühl im Kopf, als käme jetzt dann gleich ein Geistesblitz. Hast du das nie?«

»Ich weiß nicht«, lacht Tita. »Ich hab bloß das Gefühl, wir sollten hier aussteigen, oder nicht?«

Leo steuert auf ein hohes, rötliches Gebäude zu. »Das ist der Samariter!«

Auf einer Bank neben dem Portal sitzen zwei junge Frauen. Sie haben Kopftücher umgebunden und putzen große Schüsseln mit grünen Bohnen. Erst als Tita und Leo vor sie hintreten, blicken sie auf. Eine der Frauen hat ganz verweinte Augen.

»Wir möchten zu Balz«, sagt Leo.

Die Frauen schütteln bloß den Kopf und deuten auf den Eingang.

Drinnen, in der halbdunklen Halle, sitzt an einem Schreibtisch ein Mann und sortiert Papiere. Es riecht nach Putzzeug.

»Wir möchten zu Balz«, sagt Leo wieder.

»Balz? Kenn ich nicht. Von unseren Leuten heißt keiner so.« Dann dreht sich der Mann nach hinten und ruft einige unverständliche Sätze durch den Korridor. Was kann das für eine Sprache sein? denkt Tita. Ebenso Unverständliches wird aus der Tiefe des Hauses zurückgerufen.

»Heute abend kommt eine neue Gruppe von der Grenze«, sagt der Mann. »Aber ich glaube kaum, daß ein Balz dabeisein wird.«

»Vielen Dank«, sagt Tita und zieht Leo zur Türe.

»Weißt du, wie blöd wir sind? Wie birnenweich? Zwei Vollidioten!«

Leo steht nur da und macht ein fragendes Gesicht.

»Das ist gar keine Besserungsanstalt oder wie ihr das nennt!«

»Warum? Hier steht's doch!« sagt Leo und zeigt auf den Sandsteinbogen über dem Portal. »Zum Samariter« ist da in feinen Buchstaben eingemeißelt.

»Das ist ein Flüchtlingsheim!« sagt Tita. »Die reden jugoslawisch oder albanisch oder so was.«

Leo blickt immer verständnisloser drein.

»Wir sind in der falschen Zeit!« ruft Tita so laut, daß die Kopftuchfrauen auf der Bank neugierig aufschauen. »Wir hätten nicht den Bus nehmen dürfen, wir hätten von der Waschküche aus losmarschieren sollen!«

Leo schlägt sich die Hand an die Stirn. »Kein Wunder, ist Balz nicht da! Ich hab mich schon gefragt, warum hier keine Gitter mehr vor den Fenstern sind.«

»Armer Balz. Was machen wir jetzt?«

»Wir fahren zurück. Und dann gehen wir zu Fuß los.«

»Schaffen wir das noch? Ich darf heute nicht schon wieder zu spät nach Hause kommen.«

»Was sind wir bloß für... Wie hast du gesagt?«

»Vollidioten.«

»Und was ist ein Flüchtlingsheim? Wer ist geflohen? Und warum?«

Tita erzählt von Jugoslawien, vom Kosovo, soviel sie eben vom Fernsehen weiß.

»Dann gibt es also immer noch Krieg auf der Welt«, sagt Leo nachdenklich. »Wo liegt dieses Jugoslawien?«

»Also, wenn du oben bei Italien rechts so um die Ecke gehst, nach – äh – Osten, auf die andere Seite vom Meer...«

»Rechts um die Ecke«, sagt Leo, schließt die Augen

und malt mit dem Finger in die Luft. »Da ist doch Österreich-Ungarn, das Kaiserreich – letztes Jahr wurde die Kaiserin Sissi ermordet. Und dann ist da irgendwo das Osmanische Reich…«

»Das ist eben heute anders. Und Kaiser gibt es keine mehr. Und Jugoslawien heißt vielleicht auch bald anders. Ich versteh das alles nicht. Warum kann man Kriege nicht einfach verbieten?«

Ziemlich schlapp kriechen Tita und Leo durch das Türchen und wechseln in der alten Waschküche ihre Kleider.

»Was sag ich jetzt meinem Vater«, seufzt Leo, »wenn er nach Balz fragt?«

»Ich komme mit. Es wird uns schon etwas einfallen.«

»Erst will ich sehen, wie es Mutter geht. Warte auf mich!«

Leo verschwindet hinter der grünen Tür. Tita setzt sich in den Schatten, zupft Gänseblümchen aus und knüpft sie zu einer Kette zusammen. »Und?«

»Sie hat von der Suppe getrunken! Sie hat sich aufgesetzt!«

Tita sieht Leos Füße tanzen. Dann bleiben die Füße still, und Leo sagt: »Aber der Franzli ist gestorben, an der Scharlach, hat die Lehrersfrau gesagt. Ich soll hingehen zum Adieusagen.«

Leos Füße sind immer noch bewegungslos.

»Wenn du mitkommst, muß ich es nicht allein tun.«

Tita steht auf. »Der Franzli?«

»Dort, im roten Haus. Er wäre gerade drei geworden.«

Der Sommernachmittag ist plötzlich dunkler. Tita läuft neben Leo her und flüstert: »Hast du schon einmal jemanden tot gesehen?« Leo schüttelt den Kopf.

Vor dem roten Haus steht ein Grüppchen Leute, die leise miteinander reden. »Geht hinein, Kinder«, sagt eine alte Frau und hält die Tür auf. »Sagt dem Franzli auf Wiedersehen.« Tita und Leo treten in die Stube. Jemand schiebt sie näher an das Bettchen in der Ecke.

Tita sieht zuerst nur weiße Blüten und weiße Tücher, dann die gekreuzten Händchen, dann das runde, stille Gesicht, die bläulichen Lider über den Augäpfeln, Mundwinkel, die zum Lächeln ansetzen. Wie in einer unsichtbaren Hülle geborgen liegt der tote Franzli da. Dann wird die Stille von Schluchzen unterbrochen, und Leo zupft Tita am Arm.

»Komm.«

Schnell streift Tita ihren Gänseblümchenkranz über den Kopf und legt ihn zu Franzlis Füßen.

Die seltsame Masse Zeit – Franzli hat sie neu aufgerührt. »Wenn ich sterbe«, sagt Leo, »dann bist du noch nicht einmal auf der Welt.«

»Aber jetzt lebst du«, sagt Tita, nimmt Leos Hand, biegt sie flach und legt ihre Hand drauf. Warm auf warm.

8

Sommertag mit Abkühlung

Tita wartet, schon im Tüpfchenkleid, schon mit Zopf. Es ist kühl in der Waschküche. Als Leo die Tür öffnet, kommt heißer Sommertag herein.

»Parat!« sagt Tita. »Let's go.«

Leo schaut schief. »Was ist das, was du im Mund hast?«

»Uff, die Zahnspange, habe ich ganz vergessen.« Sie klaubt sie von den Zähnen und legt sie zur Armbanduhr auf dem Fenstersims.

»Ii«, sagt Leo und sieht sich das nasse rosa Ding an.

»Nichts ii! Das ist bloß, damit meine Zähne nicht krumm wachsen.«

»Fast wie Hermine. Die hat ein Brett unterm Kleid, damit sie aufrecht geht. Und eine Dame wird.«

»Ich bin auch eine Da-dadame«, flötet Tita und spreizt geziert alle Finger. »Und eine Dame läßt man nicht so saulange warten. Warum kommst du so spät?«

»Ich habe die Ansichtskarten herausgesucht. Für dich.«

»Oh, schön! Die reinsten Altertümer. Was steht denn drauf?«

»Grüße aus Sankt Petersburg. Grüße aus Buda und Pest. Grüße vom Dreiländereck … Die sind alle von meinem Onkel.«

»Und außer Grüßen schreibt er nichts?«

»Doch, hier: Habe Deine Karte empfangen und erwidere sie meinerseits mit einer solchen …«

»… mit faden Grüßen und graden Füßen!«

»Was spottest du? Ich wollte dir eine Freude machen!«

»Ich freu mich ja. Vielen Dank auch«, sagt Tita, schämt sich ein bißchen und legt das Kartenbündel neben die Zahnspange.

»Los, gehen wir«, sagt Leo sauer. »Freda wartet.«

»Freda? Auch jemand mit einem Brett unterm Kleid?«

»Nein«, erwidert Leo und lacht schon wieder. »Kein Brett. Nicht mal Kleid!« Er schubst Tita aus der Waschküche.

Auf dem Kiesplatz steht mit gesenktem Kopf ein dickes, braunes Pferd.

»Freda?« flüstert Tita.

Leo nickt. »Früher hat sie unseren Wagen gezogen. Jetzt mag sie nicht mehr. Aber den Weg zum Samariter und zurück, den schafft sie.«

»Du meinst: wir reiten?« Tita wagt kaum zu atmen. Sie hat noch nie auf einem Pferd gesessen.

Leo nimmt Titas Hand und hält sie an Fredas weiche Lippen. Erst jetzt hebt und dreht Freda ihren schweren Kopf und schaut Tita gelassen an. Leo legt die Arme um Fredas Hals und schwingt sich auf ihren Rücken.

»Und ich?« fragt Tita hinauf und kommt sich schrecklich klein vor.

»Du kletterst auf die Gartenmauer, und wir holen dich da ab.«

Leo scheint plötzlich eine andere Stimme zu haben, eine tiefere, sichere.

Vorsichtig schiebt sich Tita hinter Leo aufs Pferd. Sie klammert sich an Leos Hemd, und dann geht's gemächlich schaukelnd aus dem Hofplatz hinaus, die Dorfstraße hoch und hinein in die Felder.

»Brauchst dich nicht so festzukrallen«, sagt Leo.

Tita erinnert sich an Leos verkrampfte Hände gestern im Bus. Sie legt die Arme lockerer um seinen schmalen Körper und wagt nach links und rechts zu schauen: Felder, Äcker, rote Dächer zwischen Baumkronen, kurzgeschorene Wiesen, Menschen mit Rechen und Sensen. Jemand winkt. Tita merkt, wie wenig sie weiß: Wenn sie »Getreide« denkt, sagt Leo »Hafer«, wenn sie »Vogel« denkt, sagt er »Roter Milan«, wenn sie »Blumen« denkt, sagt er »Skabiose und Johanniskraut«, wenn sie »Wolken« denkt, sagt er »Cumulus«.

Es ist Leos Zeit. Leos Welt.

Und Tita ist nur Gast und kann sich eine Nase voll nehmen, eine Nase voll Heu, voll Pferd, voll Leo, alles aufs Mal und immer wieder, unter einem riesigen dunkelblauen Himmel. Etwas summt in Titas Kopf – das muß Glück sein.

Im Wald, wo nur tropfenweise Sonne auf den feuchten Hohlweg fällt, läuft Freda etwas schneller. Wie still es hier ist, denkt Tita, und im selben Moment fängt Leo an zu pfeifen. Tita pfeift mit, sie pfeifen wie irre Vögel um die Wette, bis das grüne Dach wieder heller wird, das Licht wieder warm auf ihre Schultern fällt.

»Mädchen pfeifen nicht«, sagt Leo.

»Und ob«, sagt Tita und pfeift schrill durch die Finger.

»Aber bitte nicht im Dorf«, sagt Leo und deutet auf einen Kirchturm. »Kreuzwil!«

Die paar Häuser, das soll Kreuzwil sein, wo sie gestern aus dem Bus gestiegen und an Wohnsiedlungen und Sportanlagen vorbei zum Samariter gelaufen sind? Doch, dort steht es, etwas außerhalb, das rötliche riesige Anstaltsgebäude. So allein in der Landschaft sieht es viel größer und düsterer aus als gestern. In diesem Kasten steckt der traurige Balz und weiß noch nichts von seinem Glück!

Leo steigt ab, hilft Tita herunterrutschen und läßt Freda beim Brunnen stehen. Da, wo gestern die beiden Frauen gesessen haben, hängt ein großes Kreuz an der Mauer. Das Portal ist geschlossen. Leo packt den Türklopfer und schlägt ihn zweimal energisch an. Ebenso energisch wird das Portal aufgerissen.

»Grüß Gott und was wollt ihr hier?« fragt ein graugesichtiger kleiner Mann mit einem Bleistift hinterm Ohr.

»Wir möchten zu Balz«, sagt Leo.

»Möchten zu Balz, möchten zu Balz«, kichert der Mann und zeigt auf die Treppe. »Dann wendet euch an den Herrn Heimleiter. Er macht gerade Inspektion.«

Titas und Leos bloße Füße machen auf der steinernen Treppe nicht das geringste Geräusch. Überhaupt ist in diesem großen Haus gar nichts zu hören. »Wo sind die alle, Balz und die andern?« flüstert Tita.

»Die arbeiten in der Spinnerei oder auf den Feldern«, flüstert Leo zurück.

Sie spähen durch eine offene Tür. Bett reiht sich an Bett, darauf braune Decken, steif und straff, wie aus Blech gestanzt. Über eines der Betten beugt sich musternd ein Mann, die Hände auf dem Rücken verschränkt. Leo räuspert sich. Der Mann blickt auf, und in seinem Gesicht schnellt eine schwarze Augenbraue hoch und bleibt fragend oben.

»Einen recht schönen Gruß von meinem Vater«, sagt Leo artig und sprudelt dann los, von Balz, vom Laden, vom verschwundenen Umschlag.

Die Braue ist immer noch oben.

Doch der Umschlag sei zum Vorschein gekommen, erzählt Leo weiter, der Vater entschuldige sich, Balz könne wieder bei ihm arbeiten, er wolle ihn fest im Laden anstellen, Balz könne gleich mitkommen.

Die Braue senkt sich.

»Vergelt's Gott deinem Herrn Vater«, sagt der Mann. »Und nun höre gut zu, mein junger Freund, was ich ihm ausrichten lasse: Für den Diebstahl, der nun keiner gewesen sein soll, hat Balz bereits seine Strafe erhalten, und sie wird ihm nicht zum Schaden gereicht haben, denn wer sein Kind liebet, der züchtiget es. Trotzdem hat sich die Charakterschwäche von Balz erneut gezeigt: Er ist seit gestern verschwunden, und mit ihm eine wollene Decke und ein Kochtopf und ein paar gute Stiefel.«

»Aber Balz hat doch gar nicht…«

»Hast du mich verstanden? Grüße deinen Herrn Vater.«

Leo rührt sich nicht vom Fleck, bis ihn Tita am Hemd zupft: »Komm!«

Das tut gut: die Wärme draußen, Fredas freundlicher Kopf, das fröhliche Hellgrün der Linden.

»Verschwunden!« sagt Leo. »Einfach verschwunden!«

»Abgehauen!« sagt Tita. »Kein Wunder, bei diesem sauersüßen Schleimer von Heimleiter. Armer Balz. Was machen wir jetzt?«

»Zuerst einmal werde ich den Wilhelm verhauen, grün und blau. Grüner als seine Jacke!«

»Damit holst du den Balz nicht wieder herbei.«

Wütend schießt Leo Kieselsteine gegen die Anstalt und meint dann: »Vielleicht hat er Glück und findet einen Platz auf einem Dampfschiff nach Amerika und wird dort reich und berühmt.«

»Glaub ich nicht.«

»Und warum?«

»Weil er eine Decke und einen Kochtopf mitgenommen hat. Und damit hat er sich hier irgendwo in den Wäldern verkrochen. Kennst du keinen Unterschlupf?«

Leo schüttelt erst den Kopf, aber dann sieht ihm Tita an, wie er sich durch die Gegend denkt. »Der Elzweiher!« ruft er schließlich. »Der Elzweiher in der Kreuzwiler Höhe! Da geht nie jemand hin, weil sich da einmal eine Frau ertränkt haben soll.«

»Und warum soll sich Balz ausgerechnet so einen unheimlichen Ort aussuchen?«

»Er hat mir gesagt, es gibt Hechte darin, riesige Exemplare. ›Ein Hecht, ein Hecht schmeckt selten schlecht‹, hat er gesagt.«

»Der dichtende Balz! Hast du gehört, was er auf Haferflocken gereimt hat? Mit Haferflocken...«

Aber Leo hört nicht mehr hin. Er nimmt Fredas Zügel und deutet auf den Brunnenrand. »Von da kannst du aufsteigen, schnell!«

Zügig trabt Freda über die Hügelkuppe. »Heimwärts läuft sie rascher«, sagt Leo. »Wir werden sie im Elzweiher etwas abkühlen. Dort unten liegt er!«

Tita sieht ein dunkles Oval glänzen. »Sieht aus wie eine alte Brosche auf einem grünen Pullover.«

»Was ist ein Puhlower?«

»Etwas Warmes, Gestricktes. Man zieht es über den Kopf.«

»Eine Mütze?«

Tita lacht: »Ja, so etwas wie eine Mütze für die Brust!«

Jetzt lacht Leo. »Eine Brustmütze!«

»Für Damen mit zwei Zipfeln«, kichert Tita.

Leo lacht so, daß er fast vom Pferd rutscht.

»Psst, erhol dich«, mahnt Tita. »Nicht daß wir noch den Balz vertreiben...«

Langsam reiten sie um den Weiher herum. Im Schilf bewegt sich etwas. Ein Dachs klettert die Uferböschung hoch und verschwindet zwischen den Bäumen. Libellen schwirren übers Wasser, bleiben stahlblau schimmernd in der Schwebe und zucken pfeilschnell davon. Es duftet nach Minze, es zwitschert nach Vogel. »Goldammern«, sagt Leo.

Kein Balz. Keine Spur von Balz.

Während sich Freda von Leo ein paar Schritte ins Wasser führen läßt, schlüpft Tita rasch aus den Kleidern und taucht ebenfalls in die grüne Kühle. Sie schwimmt ein paar Züge und räkelt sich im Wasser wie in einem weichen Bett.

»Leo, komm auch!«

»Wo bist du?«

»Zwischen den Seerosen!«

Niemand kann so verwundert dreinschauen wie Leo.

»Komm!«

Leo schüttelt den Kopf.

»Warum nicht?«

Leo zuckt mit den Schultern.

Dann halt nicht, denkt Tita, schließt die Augen und läßt sich schaukeln. Plötzlich stupst sie jemand am Fuß. Leo!

»Schön kühl«, sagt er verlegen und vergnügt zugleich.

»Leo?«

»Ja?«

»Ach nichts.«

Sie möchte ihm sagen, wie gern sie ihn hat.

Leo taucht, und hält ihr dann etwas vor die Nase. »Ein Krebs!«

»Manchmal fahren wir zu einem kleinen See«, sagt Tita, »da gibt es ähnliche Pflanzen wie hier, und Enten und so. Aber der See ist eingezäunt. Man darf nicht ins Wasser, und rundum ist Naturschutzgebiet.«

»Naturschutz?«

»Man darf die Tiere nicht stören und keine Pflanzen ausreißen. Fünfundzwanzigtausend Pflanzenarten sind am Aussterben, hat der Lehrer gesagt.«

»Pflanzen wachsen doch nach«, lacht Leo, rupft eine dicke gelbe Seerose aus und pflanzt sie auf Titas Kopf.

»Eben nicht«, sagt Tita, »weil ...« Weil sie keinen Platz mehr haben, weil es sauren Regen gibt und Ozonlöcher und abgeholzte Wälder und... Aber das ist alles so kompliziert, wie kann man Umweltzerstörung erklären? Und überhaupt ist die Welt jetzt gerade so schön.

»Vielleicht schaut Balz uns zu«, sagt Leo. »Steckt irgendwo hinter den Büschen und getraut sich nicht, sich zu zeigen.«

»Wie könnten wir ihn denn hervorlocken?«

»Wir müßten eine Blaskapelle aufmarschieren lassen. Am letzten Sängerfest ist er den Musikanten den ganzen Weg hinterhergelaufen. Wenn Balz Musik hört, kann er nicht widerstehen. Bloß: Woher nehmen wir eine Blaskapelle?«

Wie ein blauer Libellenblitz zuckt eine Idee durch Titas Kopf.

»Gehen wir?« sagt Tita.

»Warum so plötzlich?«

»Heute passiert hier nichts mehr.« Aber morgen, denkt Tita, morgen wird sich jemand freuen.

9

Tränen und Trompeten

Um fünf, um fünf, um fünf, sagt sich Tita. So früh will sie aufwachen. Um fünf, um fünf, um fünf. Dann spürt sie, wie ihr der Schlaf auf leisen Pfötchen ins Gesicht klettert.

Sie wacht sogar eine Viertelstunde früher auf, sieht den kleinen Rucksack auf der Kommode und stutzt – warum ist ihr das nicht schon gestern eingefallen? – mit so einem knallgelben Rucksack kann sie nicht losziehen. Und dann steht auch noch »Jet-Set-Safari-Club« drauf. Das paßt ganz und gar nicht in Leos Welt. Tita schleicht in die Küche. Da muß doch von Trix noch so ein Stoffbeutel rumliegen. Leise zieht Tita die Schubladen auf. Da ist der Beutel, auch er hat eine Aufschrift: »Mutter Erde«. Blöd, warum müssen die Leute alles volldrucken? Na wenn schon, sie wird ihn halt verkehrt umhängen.

Hastig packt sie um, schiebt den Rucksack unters Bett, formt die Bettdecke etwa so, als würde jemand drunter liegen. Behutsam klinkt sie die Türfalle ein und tastet sich durch den Korridor. Die Tür zu Fred und Trix ist bloß angelehnt. Tita späht ins Zimmer, sieht Freds Schlafgesicht, seinen offenen Mund, sieht seine Hand in der von Trix. Dann ist es ja gut. Bewegungslos steht Tita da und schaut sich die Hände an. Dann huscht sie leichtfüßig aus der Wohnung.

So still hat Tita die Welt noch nie erlebt. In den Häusern rührt sich noch nichts, die Bäume sind reglos, es scheint ein heißer Tag zu werden. Sie kommt nicht so rasch voran, wie sie sich das vorgestellt hat. Gestern, auf Fredas Rücken, flogen die Felder zwar auch nicht vorbei, aber sie verschoben sich. Heute scheint das Dorf immer gleich nah und der Wald immer gleich fern zu sein. Zudem muß Tita dauernd aufpassen, wo sie mit ihren bloßen Füßen hintritt. Der Schotter auf der Straße ist so unangenehm wie die Stoppeln auf dem Feld. Und der baumelnde Stoffbeutel schlägt ihr dong dong dong in die Seite. Rechts am Hang bewegen sich ein paar Kühe auf sie zu, links im Gras rührt sich ein weißer Fleck, eine mausende Katze. Und da sind die drei Eichen. Tita erkennt sie wieder, in ihrem Schatten haben sie gestern kurz angehalten. Ob sie von hier aus eine Abkürzung wagen soll? Der kleine Trampelpfad scheint direkt zum Wald zu führen, und die festgetretene Erde tut den Füßen wohl.

Die Kirchenglocke – wie nah sie noch klingt. Tita hat verpaßt, die ersten Schläge zu zählen. Ist es sechs?

Sieben? Um sieben fahren Fred und Trix in die Stadt. Fred hilft beim großen Flohmarkt mit, und Tita soll ihn da am Nachmittag treffen. Ein Glück – so fällt das Rechnen heute morgen aus. Tita hat sich nicht mal eine Ausrede ausdenken müssen. Sie hat den ganzen Morgen Zeit für ihren Plan. Bis jetzt hat er geklappt. Sie muß bloß zügig laufen.

Am Waldrand hört der Trampelpfad auf. Die Sonne heizt den Nadelboden auf, das riecht gut. Und Himbeeren gibt's, zwar kleine, aber süße. Jetzt rechts halten, denkt Tita. Dann komme ich zum Hohlweg und von da auf die Kreuzwiler Höhe, zum Weiher, zum bleichen Balz. Das Gehen ist wieder mühsamer, durch Brombeergestrüpp und Unterholz. Tita pfeift, hört aber bald damit auf. Hätte sie nur diese Abkürzung nicht genommen. Das Tüpfchenkleid verfängt sich, und Tita hört, wie der Stoff reißt. Nicht so schlimm, unter dem Arm, das sieht man nicht. Tita rennt, dort vorne wird es heller zwischen den Bäumen, endlich ist sie raus aus dem verflixten Wald. Nein, das ist bloß eine Lichtung. Aufgescheucht flattern ein paar Vögel auf. Tauben? Leo wüßte das. Leo wüßte auch den Weg. Tita rennt weiter. Dong dong dong, der blöde Beutel! Und das blöde Kleid! Schlabbert um die Beine... Jetzt fällt sie auch noch hin, Mist. Die Hand ist aufgeschürft. Tita spürt die Tränen und kneift wütend die Augen zu. Aber sie kommen, die Tränen, und das Schluchzen kommt, und Tita weint laut im Laufen, im Stolpern, wie früher, als das Tita-Kind noch klein war und das Weinen noch half.

Und irgendwie hilft es auch jetzt: Tränenblind rutscht Tita einen Hang runter, rappelt sich wieder auf – und wo steht sie? Im Hohlweg! Fertig geheult! Tita weiß wieder, wo sie ist, und marschiert erleichtert los.

Der Elzweiher liegt noch im Schatten. Nichts bewegt sich im schwarzgrünen Wasser, dunkel säumen die Büsche das Ufer. Tita hat plötzlich Gänsehaut. Hier soll sich einmal eine Frau ertränkt haben, hat Leo gesagt. Schaudernd setzt sich Tita hin und holt das Kassettengerät aus dem Leinenbeutel. Freds Kassette hat sie bereits zu Hause eingelegt, ein Trompetenkonzert von Vivandi oder so ähnlich. Trompeter mit roten Mützen waren auf der Schachtel abgebildet. Klick, und die Violinen fangen an zu streichen, die Trompete setzt ein. Weich und warm steigt die Musik aus der kleinen Box und legt sich über das morgenkühle Land. Tita dreht die Lautstärke auf. Balz, hörst du? Komm heraus aus deinem schattigen Versteck. Die Welt ist nicht so böse, wie du glaubst…

Gespannt wie eine Geigensaite beobachtet Tita den Waldsaum, das Buschwerk, das Schilf. Hat sich zwischen den Weiden etwas bewegt? Sachte dreht Tita die Musik leiser. Der Klang der Trompete entfernt sich. Und plötzlich steht er da: Balz, in voller Größe, den Kopf horchend vorgestreckt. Langsam kommt er auf Tita zu. Und sie dreht die Musik leiser und leiser, klick – und schiebt das Gerät schnell in den Beutel.

Tita fühlt sich ganz zittrig: Es hat funktioniert! Balz ist aufgetaucht!

»Grüß dich«, sagt er. »Hast du die Musik auch gehört?«

»Ja«, sagt Tita, »jetzt ist sie weg.«

»Verschwunden«, sagt Balz und horcht in die Ferne. Er legt sogar die Hand hinter sein großes Ohr. »Aber hier muß sie durchmarschiert sein. Hast du sie gesehen?«

»Nein.«

»Was tust du überhaupt hier? So früh am Tag und ganz allein?«

»Ich wollte dich treffen.«

»Mich?« Balz geht rückwärts. »Mich?«

»Halt, lauf nicht weg!«

»Was willst du von mir?«

»Ich bin Tita, Leos Freundin. Du kennst doch Leo vom Laden?«

Balz tut noch einen Schritt zurück, dann bleibt er stehen. »Leo ist ein braver Knabe.«

»Wir haben dich gestern schon gesucht. Jetzt ist Leo in der Schule, darum bin ich gekommen, um es dir zu sagen: Du sollst ins Dorf zurückkommen, man hat gemerkt, daß du nicht der Dieb warst. Du mußt nicht mehr in die Besserungsanstalt zurück. Leos Vater will dich im Laden einstellen.« Ganz schnell hat Tita zu Ende geredet, damit Balz ja nicht wegläuft.

»Ist das wahr?« sagt Balz leise.

Tita nickt – und erschrickt: Balz hat sich flach auf den Boden geworfen, sein ganzer Körper schüttelt sich. Tita ist es unheimlich. Was ist das für ein Anfall? Ist Balz krank? Hilflos schaut sie auf das seltsame Zukken. Dann hört sie das Wimmern und weiß: Balz weint. Der bleiche Balz weint vor Glück.

Auf dem Weg zurück ins Dorf erzählt Balz seine Geschichte: Vor den Jahren in der Anstalt – im Samariter – war er bei verschiedenen Bauern. Da ist er jeweils weggelaufen, zu seiner Mutter, aber dort durfte er nicht bleiben, die Herrschaft, für die sie arbeitete, wollte das nicht.

»Warum?« will Tita wissen.

»Weil ich ein Uneheliches sei. Wegen der Schande.«

Tita ist empört. Balz' Mutter mußte sich schämen, ein Kind zu haben? Was für eine grausame Zeit.

»Sie ist an einer Lungenentzündung gestorben«, fährt Balz fort. »Sie war schon einen Monat tot, als mir's der Bauer gesagt hat. Die Bäuerin hat mir ein schwarzes Band an die Jacke genäht und gesagt, jetzt werde ich wohl nicht mehr weglaufen.«

»Bist du aber doch?«

Balz nickt. Und seufzt. »Im Samariter, im Samariter, da ist das Leben bitter.«

»Warum reimst du immer?«

»Es kommt einfach so heraus«, lacht Balz. Auf des Herrn Heimleiters »In Gottes Namen« habe er einmal

»Amen amen« gereimt und zur Strafe eine Woche lang schweigen müssen.

»Vorbei, vorbei!« sagt Tita.

»Bin frei, bin frei!« sagt Balz. Und als die roten Dächer des Dorfes auftauchen, läuft er schneller und schneller, und Tita rennt keuchend neben ihm her.

Der Teppich in der Ferienwohnung ist Balsam für Titas Füße. Auf dem Küchentisch liegt ein Zettel: »Um drei beim großen Brunnen! Fred«. Tita schneidet große Stücke Brot, streicht dick Butter und Honig drauf und schlägt sich den Bauch voll. Sie hat doppelten Hunger, aus Freude und aus Müdigkeit. Laut läßt sie nochmal die Kassette laufen und zieht alles zufrieden in sich rein: Brotscheiben, Violinen und Trompetenstöße ... Sie hat den bleichen Balz gefunden! Ganz allein hat sie ihn heimgeholt!

Sie legt den heißen Kopf auf den kühlen Küchentisch und schläft erschöpft ein.

Im Bus zur Stadt muß Tita wieder und wieder erzählen, von der Musik auf der Kassette, von Balz, der plötzlich dastand, der weinte und lachte. Und Leo muß erzählen vom Vater, der Balz eine neue Arbeitsschürze geschenkt hat und eine neue Schirmmütze, und von der Mutter, die den Balz ans Bett rief und ihn umarmte. »Sein großes Ohr ist ganz dunkelrot geworden«, sagt Leo. »Und alle sind um Mutters Bett gestanden, und sie hat gesagt: ›Der Balz und ich sind zurückgekommen.‹«

Vergnügt boxt Tita Leo in die Seite. »Am liebsten möchte ich einmal ganz laut schreien«, sagt sie.

»Nicht«, sagt Leo, legt ihr die Hand auf den Mund und dann den Arm um die Schulter. Und Tita kuschelt sich glücklich darin ein.

Das laute, nervöse Treiben der Stadt scheint Leo diesmal weniger aufzuregen. Gelassen läuft er neben Tita her, und er zuckt nur einmal zusammen, als ein Helikopter dicht über die Dächer knattert. Ich würde zu Tode erschrecken, denkt Tita, wenn ich noch nie so was Ähnliches in der Luft gesehen hätte, so einen Monsterkäfer. Die Stille am Elzweiher heute morgen – vor hundert Jahren – war aber auch ganz schön unheimlich. »Was für ein irrer Tag!« sagt Tita laut.

Und der Tag ist noch nicht zu Ende.

10

Slalom der Gefühle

Fred steht bereits vor dem großen Brunnen und winkt.

»Da bin ich«, sagt Tita, »und Leo ist mitgekommen, er wohnt im Dorf, und er, äh, war noch nie auf einem Flohmarkt.«

»Wie gut, daß du Begleitung hast. Aus unserem Bummel wird nämlich nichts, leider. Ich bin dummerweise allein am Stand. Kommt, ich zeig ihn euch...«

Etwas lustlos blickt Tita auf die ausgelegten Bücher. All die alten Schmöker.

»Seht euch um«, sagt Fred. »Vielleicht findet ihr was für euch.«

Leo greift sich ein kleines, unscheinbares Buch heraus.

»Ein Reiseführer von 1881!« sagt Fred. »Das wirst du kaum lesen können...«

Aber Leo liest, ruhig und ohne zu stocken: »Ratschläge zu Nutz und Frommen Berg steigender Damen...

Das Kleid ist durch Aufknöpfen derart einzurichten, daß es entsprechend kurz oder lang gemacht werden kann. Ziemlich lange, graue, wildlederne Handschuhe sind vortrefflich ...«

Fred staunt. »Daß es das noch gibt – ein junger Mensch liest ganz selbstverständlich die alte Schrift! Da hast du aber einen ganz gescheiten Freund gefunden, Tita.«

Tita wird rot. »Gehen wir, Leo?«

»Halt, erst will ich euch etwas schenken. Da, Leo, das mag dir gefallen: ›Als erster Mensch auf dem Mond‹, schöne Bilder, farbig...«

»Danke«, sagt Leo. »Märchenbücher mag ich sehr. Danke bestens. Ich habe auch etwas für Sie.« Er greift nach hinten in die Hosentasche und zieht einen Stapel Ansichtskarten heraus.

Meine Karten! denkt Tita verblüfft. Die hat er mir geschenkt.

»Sie sind recht alt«, sagt Leo. »Vielleicht können Sie sie verkaufen. Sind Bilder darauf.«

Neugierig schaut sich Fred die Karten an. »Woher hast du sie?«

»Von meinem Onkel. Er hat sie mir geschickt, ich meine: geschenkt.«

»Von Briefmarken verstehe ich leider wenig«, sagt Fred. »Aber ich werde sie einem Kollegen zeigen. Wer weiß... Vielleicht bringen sie ein paar Franken. Ich danke dir. Du bist ein sehr aufmerksamer junger Mann.«

Wieder wird Tita rot. »Wir gehen jetzt«, sagt sie.

»Sei nicht böse, Tita, daß ich euch nicht begleiten kann…«

»Macht gar nichts«, sagt Tita hastig und zieht Leo am Hosenträger davon.

»Was soll das?« schimpft Tita. »Ich denke, du hast die Karten mir geschenkt?«

»Du hast ja bloß die Nase gerümpft.«

»Stimmt nicht!«

»Du hast sie einfach in der Waschküche liegenlassen.«

Das stimmt allerdings, denkt Tita. »Trotzdem!«

»Als ich mit dir das erste Mal in der Stadt war, habe ich solche Karten in einem Schaufenster gesehen. Ich habe mir gedacht, sie seien vielleicht wertvoll. Und später, als du mir von deinem Vater erzählt hast…«

Erst jetzt geht Tita ein Licht auf. Leo will helfen! Sie hat ihm vorgejammert, wie schlecht die Stimmung zu Hause sei und daß Fred Geld brauche…

»Anscheinend sind die Karten nichts wert«, sagt Leo. »Aber vielleicht die Marken?«

Ein paar Franken, hat Fred gesagt. Tita nimmt im Weitergehen Leos Hand.

»Danke«, sagt sie verlegen. Und Leo schwingt ihren Arm auf und ab und lächelt verlegen zurück.

Gebannt hört Leo zu, wie an den Ständen verhandelt wird. »Ich geb sie Ihnen für achtzig«, sagt der Verkäufer zur Frau, die eine Dose in den Fingern dreht und wendet. »Guter Preis für so ein Stück. Diese Blechdosen sind ganz rar!«

»Wirklich schön«, sagt die Frau. »Ich mag so nostalgische Sachen.«

»Wir haben den Laden voll davon«, sagt Leo zu Tita. »Ich weiß nicht, was daran schön sein soll. Eine gewöhnliche Biskuitdose. Und rostig ist sie auch.«

Die Frau dreht den Kopf. »Ich überleg's mir noch«, sagt sie zum Verkäufer. Dann wendet sie sich an Leo und flüstert: »Hast mich vor einer Dummheit gerettet. Was hätte ich überhaupt machen sollen mit dem Ding …« Sie legt ein Geldstück in Leos Hand. »Für dich. Ich habe schließlich achtzig Franken gespart!«

Verblüfft schaut Leo auf seine Hand.

»Nicht schlecht«, meint Tita, »fünf Franken, komm, die verputzen wir!«

»Ich muß mich erst mal setzen.«

»Gute Idee. Meine Füße tun weh. Kein Wunder …«

Leo betrachtet aufmerksam erst das Fünffrankenstück und dann das Buch, das ihm Titas Vater geschenkt hat. »›Als erster Mensch auf dem Mond‹. Hast du das gelesen?«

»Nein.«

»Liest du keine Märchen?«

»Das ist kein Märchen!«

Leo klappt das Buch zu und schaut Tita fassungslos an. »Willst du damit sagen, ein Mensch sei auf dem Mond gewesen?«

»So ist es. Mehr als einer.«

Leo blickt hinauf in den blassen Himmel. »Ich glaube dir alles, aber das nicht!«

Leo hat sich mit dem Fünffrankenstück einen Teller gekauft, mit Goldrand und Vergißmeinnichtkranz. »Der ist gerade richtig, für wenn meine Mutter wieder essen mag.«

Auf der Busfahrt zurück putzt er ihn mit Spucke und Daumen, und Tita schaut sich die Zeitung an, in welche der Teller eingewickelt war.

»Lies vor«, sagt Leo.

»Alles Reklame. ›Ein Hauch von Abenteuer‹ – rate, was ist damit gemeint?«

»Überseedampfer?«

»Nein, Zigarette. Und das: ›Der Heiße aus Japan‹?«

»Tee?«

»Nein, Auto.«

»Und das: ›Trost jeder Hausfrau‹?«

»Bibel?«

»Nein, Waschmittel. Und das: ›Die Delikatesse für kleine Nascher‹?«

»Schokolade?«

»Nein, Katzenfutter.«

»Verkaufen die etwa Mäuse?«

»Nein«, lacht Tita. »Weißt du was? Ich zeig's dir im Fernsehen. Kannst du heute abend kommen?«

»Vielleicht. Wenn ich nach dem Abendessen nicht noch Holz stapeln muß…«

Es klopft. Das muß Leo sein! Er weiß wohl nicht, daß der Knopf eine Türglocke ist. Leo streckt Tita ein Bündel Briefumschläge entgegen: »Briefmarken! Mein Vater hat immer alle Umschläge aufgehoben.«

»Warum?«

»Weil er nichts wegwirft, was noch brauchbar ist. Mit Papier kann man anfeuern.«

»Danke«, sagt Tita und schnuppert. »Die Umschläge riechen ganz schön alt. Ich lege sie Fred aufs Bett. Er kommt heute spät, ist mit Trix in der Stadt.«

Leo greift sich plötzlich ans Hemd. »Ich habe vergessen, die anderen Kleider anzuziehen.«

»Wir sind ja allein. Komm, ich zeig dir die Glotze.«

Leo sitzt aufrecht auf der Sofakante und blickt mißtrauisch auf den dunklen Bildschirm. Tita nistet sich neben ihm in der Sofaecke ein und drückt auf die Fernbedienung. »Jetzt paß auf.« Der Nachrichtensprecher erscheint.

Leo springt auf. »Der bewegt sich ja! Er spricht!«

Tita drückt wieder... Pferde donnern über die Prärie... und wieder... ein Rockgitarrist verrenkt sich... und wieder... ein Polizist schlägt eine Autotür zu... und wieder... zwei küssen sich... und wieder... eine Menschenmenge hebt die Fäuste ... und wieder ... Schweinchen purzeln aus einer Tüte ...

»Setz dich doch«, sagt Tita. Aber Leo bleibt stehen und krallt die Hände in seine hundertjährige Hose.

Und Tita drückt wieder... Fallschirmspringer landen … und wieder … ein Koch schwenkt eine Pfanne … und wieder … eine Granate explodiert …

Leo setzt sich und hält sich die Augen zu. »Mir ist schwindlig.«

»Sorry«, sagt Tita, »Fred kann's auch nicht ausstehen, wenn ich dauernd den Sender wechsle.« Sie legt ihm die Fernbedienung auf die Knie. »Der Knopf unten rechts. Wähle du.«

Komisch, denkt Tita, Leo scheint gar nicht sonderlich beeindruckt. Ganz still sitzt er da, starrt wortlos auf den Bildschirm. Jetzt laufen Kamele vorbei, eins hinter dem anderen, eine endlose Karawane …

Plötzlich fährt Tita hoch. Sie war eingenickt. Und Leo?

Sitzt immer noch aufrecht im fahlblauen Lichtschein des Fernsehers. Tränen rollen über sein Gesicht.

»Leo?«

»Sie haben jemanden umgebracht. Geschlagen und dann erwürgt, im Wald.«

»Ach Leo, das ist doch nur ein Film. Das ist nur gespielt.«

»Nein, ich habe alles genau gesehen. Sogar die Angst in seinem Gesicht.«

Er steht auf, wischt sich mit dem Handrücken die Tränen weg. »Ich gehe.«

»Leo, warte!«

Aber Leo ist schon draußen.

»Morgen um zwei?« ruft ihm Tita ins Treppenhaus nach.

»Ja«, ruft Leo zurück. Es klingt wie ein verschluckter Schluchzer.

Gottlob: Leo ist anscheinend wieder der alte. Seine vergnügten Augen, sein Lächeln, sein Lachen – alles ist wieder da! Erleichtert legt Tita die Arme um ihn und hält ihn fest, einen kurzen langen Moment lang.

»Gehen wir in den Laden, zum bleichen Balz? Ich möchte checken, wie er sich fühlt, so ohne Zoff.«

»Wenn du wieder so seltsame Wörter brauchen willst, bleibst du besser da.«

»Ich werde ungemein brav sein«, kichert Tita.

»Willst du Franzlis Grab sehen?« fragt Leo auf dem Weg. Er schiebt Tita durch ein eisernes Pförtchen: »Der Friedhof.« Erstaunt blickt Tita um sich. Da stehen nicht glänzende Grabsteine in Reih und Glied, es gibt keine Zierblumen und Kränze wie da, wo ihr Großvater begraben liegt. Gras wächst zwischen den paar einfachen Kreuzen, kniehohes Gras, verdeckt fast die Schilder mit den Namen, rundum eine Mauer, überwuchert von blühendem Etwas, und darin ein Gesumse von Bienen. Franzlis Grab ist ein kleiner Erdwall mit einigen schlaffen Blumensträußen.

»Was wirbelt da durch die Luft?« fragt Tita.

»Das sind Ulmensamen. Wer zuerst einen fängt, hat Glück. Fang!«

Leo hat einen erwischt. »Die sind von der Ulme im Oberdorf.«

»Sind Ulmen schön?«

»Groß wie Eichen.«

Tita drückt mit der Hand eine kleine Mulde in Franzlis Grab, und Leo weiß sofort, was sie will. Er klaubt den Samen von der Hand und legt ihn wortlos in die Mulde. Tita streicht die Erde glatt und sagt: »Wachs gut, Franzlibaum.«

Balz ist am Kaffee-Einfüllen. Er wirft vor Freude ein paar Bohnen in die Luft:

»Die Tita, die Tita,
ist schöner als Brigitta!«

Tita schüttelt seine große Hand. »Und was reimt sich auf Leo?«

»Ach weo, ach weo,
die Tita liebt den Leo.«

Ist Leo rot geworden? Er beugt sich über das Bonbonglas.

»Balz, du Schwatzbase! Gib uns lieber zwei Stengel Süßholz.«

»Sofort und bitte sehr,
wünsch wonnigen Verzehr!«

Belustigt schauen Tita und Leo zu, wie Balz die Kundschaft bedient, mit langen Schritten durch den Laden federt, einen Zuckerstock schwingt, Kartoffeln balanciert, den Reis von hoch oben in die Tüte rieseln läßt.

»Was ist denn das?« fragt plötzlich eine Frau und zeigt auf den Ladentisch.

»Das?« sagt Balz verdutzt und zieht etwas zwischen den Päckchen hervor, rollt es in der Hand, legt es wieder hin. »Das ist ein – äh – ich weiß es nicht.«

Die Kundinnen neigen sich darüber und reden wild durcheinander: »Eine Patrone ... wozu ... zeigen Sie her... nein, Hände weg... vielleicht gefährlich... läßt sich öffnen ... rotes Zeug... Teufelszeug... hier drehen... es kommt heraus... was zum Donnerwetter soll das?«

Tita hat mit Süßholzkauen aufgehört und fängt Leos fragenden Blick auf. Sie zwinkert ihm zu. »Kleiner Spaß von mir«, flüstert sie. »Ist bloß ein Lippenstift.«

»Ein was?«

Balz sagt: »Das Ding riecht gut, meine Damen. Nach Himbeer... «

Wieder geht der Stift von Hand zu Hand. »Nein, eher nach Zimt... eine Schleckerei... aufs Brot... neue Moden... ein Stück abschneiden... probieren...«

Als Balz den Lippenstift mit dem großen Käsemesser in Stücke schneidet, stürzt Tita aus dem Laden, rennt davon, wirft sich ins Gras und lacht los.

Leo zupft sie am Kleid. Er macht ein böses Gesicht.

»Was war das für ein Ding?«

»Ach Leo, sei nicht böse. Man malt sich damit die Lippen rot, sonst nichts. Trix wollte den Stift wegwerfen, und da dachte ich ...« Tita lacht, bis sie fast erstickt. »Wenn ich mir die Frauen vorstelle – sie kauen darauf herum – haben ganz rote Zähne – kommen so nach Hause…«

Jetzt grinst auch Leo. »Warte nur«, sagt er und zieht sie sanft an den Haaren. »Du kommst auch noch dran.«

11

Angenehme Aufregung

Tita träumt: Sie trägt mit Leo einen riesigen Lippenstift die Dorfstraße hoch; Leo will ihn im Gemüsegarten vergraben. Der Stift wird immer schwerer und rutscht ihr aus den Händen. »Los, weiter«, sagt Leo und schüttelt sie am Arm. »Ja, ja«, sagt Tita und rutscht aus dem Traum. Es ist Fred, der sie geschüttelt hat, er sitzt auf dem Bettrand und flüstert: »Tita, Tita!«

»Ja, ja«, sagt Tita.

»Ich will dir schnell etwas sagen!«

»Schon gut«, sagt Tita und gleitet wieder in ihren Traum zurück, auf die Dorfstraße, zu Leo.

»Unter den Briefmarken war ein ganz rares Stück!«

Tita schießt zurück ins Wache und setzt sich auf.

»Eine sogenannte Doppelgenf«, sagt Fred.

»Doppelsenf?«

»Genf. Einer der Umschläge, die du mir aufs Bett gelegt hast, war aus Genf. Laut Katalog ist die Marke gegen neunzigtausend Franken wert! Ich bin die Sorgen los, Tita!«

Tita läßt sich zurück ins Kissen fallen. Leo hat geholfen!

»Morgen abend wollen wir feiern. Sag es Leo – so heißt er doch? Und das Rechnen am Morgen fällt aus. Ich muß nochmal in die Stadt.«

Fred stopft die Bettdecke rundum fest, so als wollte er Tita in sein Glück einpacken. »Und jetzt schlaf schnell wieder!«

Aber das geht nun nicht mehr. Tita liegt noch lange wach und denkt, hundert Jahre hin und zurück, hin und zurück.

Der Morgen geht und geht nicht vorbei. Alle paar Minuten schaut Tita auf die Uhr. Je schneller sie auf dem Rollbrett durchs Dorf flitzt, desto träger scheint die Zeit zu schleichen. Ungeduldig steigt sie wieder in die Wohnung hoch, räumt das Frühstücksgeschirr weg, wischt den Tisch sauber – und auf einmal packt sie die große Putzlust, sie schrubbt und scheuert, macht eimerweise Seifenschaum. Sie putzt die ganze Küche und fegt ihre Ungeduld weg – und plötzlich ist es Zeit, Leozeit!

Er steht schon da, und Tita stürzt auf ihn zu, packt ihn an den Händen und wirbelt ihn im Kreis herum-um-um-um. »Genug«, ruft Leo endlich und hält Tita in seinen Armen fest, bis sie nicht mehr schwankt.

»Du bist ganz naß!«

»Ich hab die Küche geputzt!«

»Und deshalb freust du dich so?«

»Ich freu mich«, keucht Tita, »weil du uns geholfen hast.« Und erzählt vom Briefmarkenglück, von Freds Freude und von der unsäglichen Warterei, bis sie es Leo endlich erzählen konnte.

»Ich hab euch geholfen, du hast uns geholfen«, sagt Leo einfach. »Zieh dich um, dann zeig ich dir etwas.«

Tita steigt ins Tüpfchenkleid und hält Leo den Kopf hin. Er kämmt ihren Schopf mit den Fingern und setzt ein paarmal neu an zu einem Zöpfchen. »So geht's«, meint er. »Komm.«

Sie laufen über den Kiesplatz, an der grünen Haustür vorbei, um die Hausecke herum, dann bleibt Leo stehen und zeigt geradeaus. Unter einem großen Baum sitzt jemand in einem Korbstuhl, eine Decke über den Beinen.

»Deine Mutter?« flüstert Tita. »Ist sie jetzt ganz gesund?«

»Sie wird es, sie weiß es.«

Leo schiebt Tita näher an den Stuhl heran.

»Das ist Tita, Mutter.«

»Guten Tag«, sagt Tita verlegen. Sie schaut in das blasse Gesicht und hat das seltsame Gefühl, daß sie es schon lange kennt, daß sie in diesem Gesicht irgendwie zu Hause ist.

»Du bist also Tita, der Feriengast aus der Stadt, wie Leo mir gesagt hat.«

Yes, Ma'm, will Tita sagen, und kann's gerade noch stoppen. »Jawohl«, sagt sie.

»Seltsam. Du hast genau dasselbe Kleid wie unsere Paula, es hat exakt die Fältchen, wie ich sie selber genäht habe...«

Es ist Paulas Kleid, möchte Tita am liebsten sagen, aber sie hält dem langen prüfenden Blick stand und sucht nach einem anderen Satz. »Daß Sie wieder gesund sind, ist super«, sagt sie schließlich.

»Super?« Die Leomutter lächelt, und sie schaut Tita an, als wollte sie etwas fragen und wüßte doch die Antwort bereits. Sie spürt etwas, denkt Tita. Spürt sie, daß ich von drüben komme, von außerhalb der Zeit?

»Warum ich wieder gesund bin, das ist Leos Geheimnis«, sagt die Leomutter.

Leo schweigt.

»Das ganze Leben ist ein Geheimnis, nicht wahr, Tita? Es ist – wie hast du gesagt – super?«

Tita nickt und fühlt sich plötzlich leicht und wohl zwischen dem schweigenden Leo und seiner ruhigen Mutter, in diesem stillen Raum aus Baumschatten und Sonnenkringeln.

Im Gemüsegarten ist es heiß. Tita stöhnt. Leo hat ihr einen Rhabarberblatt-Hut aufgesetzt, aber der rutscht ihr dauernd vom Kopf.

»Wie lange jäten wir noch? Ich weiß ja nicht mal sicher, ob das, was ich ausrupfe, Unkraut ist.«

»Ein Beet noch.«

»Das wär's jetzt: eine eisgekühlte Cola.«

»Was ist das?«

»Ein Getränk, jauchebraun, süß, schmeckt ein bißchen nach Seife und sprudelt.«

»Pfui Teufel«, lacht Leo. »Warte hier. Ich bringe dir eine bessere Erfrischung.«

Er rupft ein weiteres Rhababerblatt ab und verschwindet damit hinter dem Zaun. Tita schließt die Augen und paßt auf, wie viele Geräusche sie hört. Trix ist in diesem Spiel immer besser als sie, hört Bäuche gurgeln, Heizungen knacken, Gras knistern ... Tita lauscht: kein Motor, kein Hupen, kein Radio, bloß ein Hummelbrummen.

»Da!« Leo streckt ihr etwas unter die Nase. Es ist das Rhabarberblatt, zu einer Tüte gedreht und prall gefüllt mit Brombeeren. »Ooh«, stöhnt Tita, »ist das alles für mich?«

»Alles für dich!«

Tita schließt wieder die Augen und schiebt genüßlich Beere um Beere in den Mund. Plötzlich stockt ihre Hand. Sie hat etwas seltsam Glattes, Schlüpfriges zwischen den Fingern. Tita schaut, schreit, springt auf die Beine. »Eine Schlange! Leo!«

Leo läßt sich ins Gemüsebeet fallen und wälzt sich vor Lachen.

Ach, so war das!

»Du bist gemein!« schimpft Tita und trommelt mit den Fäusten auf Leo ein. »Und wenn mich die Schlange gebissen hätte?«

»Schlange!« kräht Leo zwischen Schüben von Gelächter. »Hast du noch nie eine Blindschleiche gesehen?«

Nein, das hat Tita tatsächlich nicht.

Leo hebt das silbern glänzende zuckende Band aus der Tüte. »Schau wie schön sie ist! Und nützlich. Frißt die Schnecken weg.«

Vorsichtig fährt Tita mit dem Finger über die kühle Glätte. Zum Glück hört Leo ihr Herzklopfen nicht.

Geschmeidig ruckt die Schleiche über die trockene Erde und gleitet in den Schatten der Sträucher.

»Leo, du blöder Affe«, sagt Tita.

»Tita, du komisches Huhn«, sagt Leo.

Sie fassen einander an der Hand und rennen über die Wiese und in den freien Sommernachmittag hinein.

Trix und Fred sitzen bereits am Tisch, als Tita den zögernden Leo ins Zimmer zieht.

»Da seid ihr ja endlich«, sagt Trix. »Schön, dich zu sehen, Leo!«

»Leo, der Glücksbringer!« ruft Fred und hebt eine Flasche Champagner hoch.

»Schaut, was ich zur Feier gekauft habe, für ein halbes Vermögen im Bioladen«, sagt Trix und zeigt auf eine große Schüssel voller Brombeeren. Tita und Leo blicken einander an, sehen den gleichen Blindschleichenblitz – und fangen gleichzeitig an zu lachen.

»Dann mal los, greift zu«, sagt Fred. »Prost, Leo!

Und jetzt sag mir bitte, womit ich dir eine Freude machen kann. Wie kann ich dir die Marken vergelten?«

Verlegen schiebt Leo die Beeren auf dem Teller hin und her. »Ich hab die Marken ja bloß gefunden«, murmelt er.

»Eben, du hast einen Finderlohn verdient. Wie wär's mit einem schönen Notebook?«

Hilflos blickt Leo zu Tita, und sie schüttelt unmerklich den Kopf.

»Wie wär's mit einem kleinen Synthesizer? Oder stehst du auf Videogames?«

Leo schaut immer verwirrter drein, und Tita sitzt wie auf Nadeln. Endlich hat sie einen Einfall: »Leo ist Schmetterlingfan!«

»Ach wirklich?« staunt Fred. »Das ist eher ungewöhnlich für die heutige Zeit. Aber jetzt weiß ich, was ich für dich besorgen werde. Gleich morgen.«

»Was waren das für Sachen, die mir dein Vater schenken wollte?« fragt Leo später in der Waschküche.

»Lauter Zeug, das du gar nicht brauchen könntest, das Strom braucht, Elektrizität, weißt du...«

»Elektrizität? Fast hätt ich's vergessen: Morgen ist Examen, und zwar ein ganz besonderes. Magst du kommen?«

Bevor Tita überhaupt nicken kann, streift Leos Gesicht blitzschnell ihre Wange. »Ich hol dich ab, halb neun!«

War das ein Kuß? denkt Tita.

Wieder sitzt Tita neben Leo in der engen Schulbank. Das Mädchen vor ihr hat eine noch größere Schleife auf dem Kopf als letztes Mal. Überhaupt sind die Kinder von Kopf bis Fuß gestriegelt und geschniegelt. Die Jungen tragen Jacken, die Mädchen Kleider mit großen Kragen und gebauschten Ärmeln, und alle haben Schuhe an. Verschämt schiebt Tita ihre nackten Füße übereinander und zerrt das Tüpfchenkleid über die Beine. Es sieht ziemlich mitgenommen aus, zerrissen von ihrem Sturz im Wald, verkleckert von Beeren, zerknittert vom Herumtollen gestern mit Leo. Vorsichtig schaut sie sich um. Den Wänden entlang sitzen Väter und Mütter mit ernsten Gesichtern und nicken bedeutsam, wenn ein Kind strammsteht und die Frage des Lehrers beantwortet. Die grüne Jacke in der vorderen Bank erhält für ihr schnelles Kopfrechnen ein beifälliges Murmeln.

Und jetzt ist Leo dran. »6 mal 23 … weniger 43 … geteilt durch 5 … mal 12 … und 772 …« Hastig tippt Tita die Zahlen in den Taschenrechner zwischen den Kleiderfalten. »Gibt wieviel, Leo?«

Leo senkt die Augen und starrt auf Titas Knie. »Tausend!«

»Das ist richtig, potztausend!« sagt der Lehrer, und das anerkennende Murmeln der Eltern schwillt noch lauter an als bei der grünen Jacke. Die wagt es diesmal nicht, den Kopf zu drehen. Schade, denkt Tita, ich hätte ihr gerne nochmal die Zunge herausgestreckt.

»Wo entspringt der Rhein? Wie heißen die zwölf

Apostel? Wer war der Held von Sempach? Wer kennt ein Gedicht zur Ehre des Alters?«

Wie Pfeile schießen die Fragen des Lehrers durch die Schulstube, und immer schnellen die Arme hoch und verschränken sich dann brav wieder vor der Brust.

»Nach dieser Blütenlese unseres Schaffens«, sagt der Lehrer schließlich, »schreiten wir nun zum Höhepunkt dieser Stunde, dieses Jahres, dieses Jahrhunderts! Ich bitte Joseph und Arnold, ihres Amtes zu walten!«

Zwei Buben beugen sich aus den Fenstern und ziehen die Fensterläden zu. Im Zimmer wird es dunkel, man hört keinen Laut. Verdutzt blickt Tita zu Leo, der reglos dasitzt. Was folgt denn jetzt für ein Hokuspokus? denkt Tita. Ruft der Lehrer einen Geist herbei?

Plötzlich flammt ein Licht auf, eine Glühbirne brennt. Und schon sind die Kinder aufgestanden und singen:

»Es werde Licht in unsrer Welt,
ein Licht, das unsern Weg erhellt!«

Die Glühbirne baumelt an einem Draht von der Decke, und alle Gesichter sind ihr zugewandt.

»So ist ein Segen uns gesät
mit der E-lek-te-ri-zi-tät!«

Ein Jubel bricht aus, der Lehrer dreht am Schalter, Licht an, Licht aus, Licht an!

Leo strahlt: »Siehst du, jetzt haben wir auch Elektrizität im Dorf!«

Nun wird die Tür aufgestoßen, der bleiche Balz trägt einen großen Wäschekorb herein. Es duftet nach Brot.

»Die Examenswecken«, sagt Leo.

Im kalten Licht der einsamen Glühbirne ruft der Lehrer ein Kind nach dem anderen nach vorne, drückt ihm das Zeugnis und einen Wecken in die Hand. Leo bekommt zwei: »Einen für das Fräulein aus der Stadt.«

Draußen auf dem Schulhof beginnt ein großes Händeschütteln, Balz schwingt den leeren Korb, Leo schwingt sein Zeugnis. »Geschafft«, sagt er, »ich darf an die höhere Schule!«

»Das ist das schönste Licht«, sagt Leos Vater. »Auf deine Zukunft!«

Tita bricht ihren Wecken entzwei und vergräbt dann das Gesicht in den beiden weichen Hälften. Im Duft des Teigs ist eine Spur von Traurigkeit. Leos Zukunft? denkt Tita. Ob ich darin noch vorkomme?

12

Ein Nachmittag zum Nachdenken

Leo sitzt vor der Haustür und putzt Schuhe. Plötzlich sieht er Tita fragend an: »Was hast du?«

»Warum?«

»Weil du nichts sagst.«

»Du sagst ja auch nichts.«

»Aber wenn du nichts sagst, ist es stiller, als wenn ich nichts sage.«

»Also gut, ich sag dir etwas: Morgen fahren wir nach Hause. Sonntag. Fertig Ferien.«

Leo schaut Tita erschrocken an. Dann putzt er weiter, fährt mit der Bürste übers Leder, endlos.

»Wenn du nichts sagst, ist es auch still«, sagt Tita. »Steinbeinmausetotenstill.«

Leo steht auf und wirft den Schuh zur Seite. »Was machen wir noch mit dem halben Tag?«

»Und wann?« fragt Tita. »Hier oder drüben? Jetzt oder in hundert Jahren?«

»Hör auf, ich möchte nicht an Zeit denken…«

»Was möchtest du dann?«

Leo schweigt.

»Ich schreibe dir auf den Rücken, was ich am liebsten möchte«, sagt Tita. Mit dem Zeigefinger kerbt sie Buchstaben in sein Hemd

»Ii«, lacht Leo, »das kitzelt. ›H-E-D-A‹. Heda?«

»Ich schreib's noch mal«, sagt Tita. »Beweg dich nicht.«

»F-R-E-D-A?«

Tita nickt. Und Leo rennt los. »Warte hier!«

Wieder dieses Glück, mit Leo auf Fredas breitem warmen Rücken zu sitzen und durch die Landschaft zu schaukeln: Tita meint es fast zu hören, das Glück, so als hätte Freda kleine Glocken an den Beinen.

»Singen wär jetzt schön«, sagt Tita.

»Dann sing doch.«

»Ich weiß aber nie die Wörter zu den Liedern. Nur grad an Weihnachten.«

»Sti-ille Nacht«, singt Leo laut, und Tita setzt ein: »heilige Nacht, alles schläft...«

Mücken tanzen in der lauen Luft, Sonne blitzt durch die Bäume. »O du fröhliche, o du selige, gnadenbringende Weihnachtszeit.« Es duftet nach Heu und Pferdeschweiß. »Christ ist erschienen ...«, und die Zeit steht still, und Tita hat die Hände auf Leos Rippen, die gehen raus und rein, wenn er singt. »O Tannenbaum...«

»Leo, bist du vielleicht verrückt geworden?« ruft eine Frau über den Gartenzaun.

»Jawohl, Frau Siegentaler«, ruft Leo zurück. »Das macht der Schnee!«

Und Tita schließt die Augen und kichert lautlos in Leos Hemd.

Tita liegt im Gras und versucht, nichts zu denken. Aber das geht nicht. Pausenlos ziehen Gedanken an ihrer Nase vorbei – eine Herde von hopsenden Bildern. Wenn sie den Kopf von einer Seite auf die andere dreht, sieht sie: Freda im Schatten des Laubdachs, ein Stück glitzernden Fluß, einen Tupfen Hügelgrün, viel Himmel, einen Flecken roten Mohn, Leos Kopf im Gras. Er hat die Augen zu.

»Leo, schläfst du?«

»Ja.«

Tita steht auf, geht zum Fluß und taucht das Gesicht ins Wasser. Die rundgeschliffenen Steine, gesprenkelt wie Vogeleier, sind gerade so groß, daß sie angenehm in Titas Hand passen. Sie sammelt die schönsten zu einem Häufchen und wirft sie dann ins Wasser. Was soll's. Bloß den einen dunklen, der aussieht wie ein dickes kleines Huhn, den behält sie nachdenklich in der Hand. Plötzlich prasseln Tannzapfen auf sie ein. »Alarm«, ruft Leo. »Schon der halbe Nachmittag vorbei!«

Tita schaut auf die Armbanduhr, aber sie hat sie ja gar nicht um – es ist ja Leozeit. Nur noch heute!

»Willst du weiterreiten?« fragt Leo.

Tita seufzt. »Eigentlich sollte ich zurück. Fred und

Trix wollen mich mitschleppen zu einem Vortrag im Dorf. Irgend etwas Langweiliges über einen Dichter, der hier aufgewachsen ist. Komisch ist nur der Name: Hamburger! Weißt du, was das ist? Ein weiches Brötchen mit Flei...«

»Hamburger?« wiederholt Leo und stutzt. »Der bleiche Balz heißt Hamburger. Ob er...?«

Tita und Leo schauen sich an. »Komm!« sagen beide gleichzeitig.

»Gerade noch rechtzeitig«, sagt Trix, als Tita und Leo atemlos in die Wohnung stürzen. »Wir müssen los.«

»Ein Momentchen«, sagt Fred und legt feierlich ein flaches Paket auf den Tisch. »Für dich, Leo. Pack aus!«

Vergnügt schaut Tita zu, wie Leos kräftige Hände das Papier sorgsam auseinanderfalten. Ein Buch kommt zum Vorschein.

»›Schmetterlinge der alten und neuen Welt‹«, liest Leo. »›Fünfzig Farbtafeln.‹« Leo strahlt.

»Es sind kolorierte Kupferstiche, so etwas bekommt man heute kaum mehr«, sagt Fred und greift hastig zwischen die Seiten. Lauter gelbe Falter leuchten auf, zitronen-, sonnen-, honiggelb.

»Ein Postillion!« ruft Leo. »Ein Weißdornspanner!«

»Jede Tafel ein Kunstwerk«, sagt Fred ganz aufgeregt. »Gefällt es dir, Leo?«

Leo nickt. »Ich habe noch nie so etwas Schönes gesehen. Ich glaube, es ist fast zu schön für mich.«

»Ach wo«, ruft Trix. »Kommt jetzt, ihr Sommervögel!«

Auf der Dorfstraße zieht Trix ihren kleinen Fotoapparat aus der Tasche. »Ich hätte gern ein Andenken: Wir drei vor dem alten Haus da. Leo, kannst du knipsen, bitte?«

Verdutzt dreht und wendet Leo die Kamera.

»Nur abdrücken«, sagt Trix. »Ist alles schon eingestellt.«

Leo streckt die Kamera von sich, zieht sie an die Brust, hält sie verkehrt vors Gesicht und schaut immer hilfloser drein. Trix krümmt sich vor Lachen, und Fred grinst: »Aus dem wird bestimmt mal ein Schauspieler!«

»Dreh die Kamera um und drück auf den roten Knopf!« ruft Tita gequält. Leo kapiert und drückt erleichtert ab.

»Das alte Haus wird übrigens doch abgerissen«, sagt Fred. »Ein Jammer.«

Tita zuckt zusammen. Leos Haus! Sein Zimmer dort unterm Dach! Hat er es gehört? Nein, er lacht mit Trix über irgend etwas.

Der Kirchgemeindesaal ist nahezu voll. »Zum fünfzigsten Todestag Balthasar Hamburgers«, fängt der Redner an. Tita schaut fragend zu Leo. Also doch nicht Balz? Der Redner produziert lange Sätze. Tita ist ungeduldig. »Eine schwere Jugendzeit ...« Also doch Balz?

Trix reibt sich die Augen.

»Warum weint sie?« flüstert Leo.

»Das sind bloß die Linsen«, flüstert Tita zurück.

»Zuviel davon gegessen?«

Tita kichert: »Nein, sie hat Linsen in den Augen.«

Jetzt kichert Leo: »Und Bohnen in den Ohren?«

»Psst«, sagt jemand.

Plötzlich leuchtet hinter dem Redner ein weißes Rechteck auf – und dann ist Balz auf der Leinwand! Der bleiche Balz, überlebensgroß. Die Haare nach hinten gekämmt, der dünne Hals in einem schwarzen Stehkragen, das Lächeln etwas schräg, und immer noch: das große und das kleine Ohr.

»Hamburger mit dreißig, in den Anfängen seines Schaffens«, sagt der Redner. »Aus dieser Zeit stammt der bekannte Gedichtzyklus ›Die Heimkehr‹, aus der hier nur die letzte Strophe zitiert sei:

So eilte ich dem Dorfe zu.
Noch schrie mein Zorn: Warum? Wofür?
Die Mädchenstimme neben mir
gab meiner Seele endlich Ruh,
entließ sie aus der Dunkelheit
in lerchenhelle Heiterkeit.«

Tita ist ganz festlich zumute.

»Betrachten wir die Regelung der Silbenfolge«, fährt der Redner fort, »unter Einbezug der Zäsuren, so ergibt sich bei Hamburger eine metrische Struktur ...«

Der macht mit seinem Geschwätz das ganze Gedicht kaputt, denkt Tita. »Ich gehe«, flüstert sie. Und Leo folgt ihr.

Draußen liegt letzte Abendsonne auf den Dächern, und von der Tankstelle riecht es nach Benzin.

»*Die Mädchenstimme neben mir,* das war ich«, sagt Tita. »Das war auf dem Weg vom Elzweiher ins Dorf zurück.«

»Balz, ein berühmter Dichter«, sagt Leo ungläubig. »Ich weiß gar nicht, wie ich ihn ansehen soll das nächste Mal im Laden. Wenn er Reis abfüllt und Wichse verkauft und das ganze gewöhnliche Zeug.«

Tita rechnet. Wie alt ist Balz im Dorfladen? Etwa achtzehn? Dann wäre er 1881 geboren. Und heute ist sein fünfzigster Todestag. Dann ist er 1949 gestorben. Also mit... achtundsechzig Jahren. Ist das alt? Wie alt wohl Leo wird? Wird er mal ein Mann sein mit einer tiefen Stimme und einem kantigen Kopf? Oder mit weißen Haaren und wäßrigen Augen?

Er steht am Brunnen, hält den Finger vor die Röhre, so daß der Strahl zu Tita spritzt.

»Woran denkst du?« fragt er.

»Ans Sterben.«

»Geh lieber in Deckung! Das ist unser Dorfbrunnen, der steht noch. Und spritzt immer noch gleich.«

»Und Wasser ist immer noch naß«, lacht Tita.

In der alten Waschküche ist es schon fast dunkel. »Ich muß heim«, sagt Leo. »Paula ist zurück. Die warten sicher schon auf mich.«

»Ich fürchte, Paulas Kleid ist ziemlich dreckig«, sagt Tita und hält sich den blauen Tüpfchenstoff nochmals gegen den Körper.

»Ich werde es heimlich waschen.«

»Mit nassem Wasser«, sagt Tita, aber was lustig klingen sollte, kommt ganz ernst heraus.

Leo steigt in seine braune Hose und knüpft langsam das Hemd zu. Von Knopf zu Knopf dauert es eine Ewigkeit. Dann bleibt er mit hängenden Armen stehen.

»Kommst du wieder?«

Tita nickt. Und schluckt. »Wenn ich kann.«

Leo zieht etwas aus der Hosentasche und streckt es Tita hin: »Er ist fertig.«

Der Federhalter! Daran hat er geschnitzt, als sie ihm im Hof zum ersten Mal begegnet ist. T I T A steht drauf, fein eingekerbt.

»Vielen Dank!« sagt Tita, und das kommt so erfreut heraus, wie sie möchte. Sie klaubt den Stein aus den Jeans und legt ihn auf Leos Hand. »Heute am Fluß war er schön glänzend. Wenn du ihn so hältst, ist er ein kleines Huhn. Vom komischen Huhn Tita.«

Leo läßt den Stein in die Tasche gleiten, dann legt er die Arme um Titas Schultern.

»Tita, du komisches Huhn.«

»Leo, du blöder Affe.«

Tita kann wieder lachen.

»Ich vergesse dich nicht«, sagt Leo.

Tita hebt den Kopf, und dann küßt Leo sie schnell

auf den Mund. Nur kurz spürt sie seine kühlen Lippen und einen raschen Druck seiner Hände.

Dann ist Leo weg.

Die Waschküchentür ist zu.

»Wie schnell die zwei Wochen um waren«, sagt Trix. »Schon sind wir wieder am Packen.«

»Ich dreh noch husch eine Runde durchs Dorf«, sagt Tita.

»Als wir hier ankamen, hieß das bei dir nicht Dorf, sondern Kaff«, sagt Fred.

Langsam geht Tita die Straße hoch zum Kirchgemeindehaus. Kein Lastwagen donnert vorbei, keine Musik dudelt aus dem Quick-Shop. Tita hört den alten Brunnen schon von weitem plätschern. Sie hält die Hände in den Strahl, bis sie ganz kalt sind. Dumpf wie durch ein dickes Tuch tönt Gesang aus der Kirche. Tita späht in den Friedhof: saubere Kieswege, glänzende Grabsteine. Ein einziger, mächtiger Baum steht in der Mitte. Samen wirbeln durch die Luft. Ulmensamen! Das ist der Franzlibaum!

Ob Leo den großen Baum im Alter noch gesehen hat? denkt Tita und scheucht den Gedanken gleich wieder weg.

Sie will lieber an den jungen Leo denken, den vergnügten, besorgten, aufmerksamen, mit dem erstaunten Gesicht. Wenn sie die Augen schließt, hat sie es vor sich, ganz nah.